Wolfgang Heinz

12
Blutstropfen gegen
Satan

Meinen Dank an Heike für die Idee und Verwirklichung des Cover

Wolfgang Heinz

12
Blutstropfen gegen
Satan

Bibliografische Information der Deutschen
Nationalbibliothek:
Die Deutsche Nationalbibliothek verzeichnet
diese Publikation in der
Deutschen Nationalbibliografie; detaillierte
bibliografische Daten sind im Internet über
www.dnb.de abrufbar.

,, Herstellung und Verlag:
BoD – Books on Demand, Norderstedt
ISBN : 978-3-7386-3272-9

Der Anfang

Das Krähen des Hahnes reist mich aus meinem Traum, nur hat seine Stimme heute einen merkwürdigen metallischen Beiton. Noch während ich krampfhaft versuche nach zudenken , was mir heute Morgen ziemlich schwer fällt, höre ich das knatternde Moped unseres Postboten an meinem Fenster vorbei fahren.

Nein nicht fahren, ich meine knattern und das dazugehörende Ölgemisch aus dem Auspuff das langsam, aber zielstrebig , durch mein Fenster schwebt gibt mir den Rest.

Mit einem Sprung hüpfe ich aus meinem Bett , nein es ist wohl mehr ein raus fallen aus meinem Bett, und bewege mich gezielt ins Bad. Für einen Moment ist dann aber alles schwarz um mich und ich fühle nur den Aufprall am Boden Mein Kreislauf läuft wohl heute Morgen auf Sparflamme und als ich meine Augen öffne ist das Bad noch so weit entfernt, ich muss es aber schaffen.

Die erste Welle kann ich noch im laufen unterdrücken , aber die zweite geht gezielt...., Na ja es ist wohl heute nicht mein Tag .

Eine Ewigkeit habe ich meinen Kopf unter kaltem Wasser gehalten , und wenn der Hahn nicht wieder mit krähen angefangen hätte ,ich glaub ich wäre im Waschbecken erfroren.

Auch ist jetzt dieser merkwürdige metallische Beiton wieder zu hören. Mit nassen Haaren gehe ich zurück in mein Zimmer und muss husten und niesen zugleich, die Abgase des Mopeds haben sich in meinem Zimmer ausgebreitet.

Es ist still draußen, ich höre keinen Hahn mehr, ist vielleicht der Postbote beim Hahn vorbei gefahren ?.

Während ich noch darüber grübele fällt mein Blick auf meine am Fußboden liegende Kleidung. Alles verstreut, und jetzt erkenne ich woher das merkwürdige metallische Geräusch kommt, aus dem Blecheimer vor mir. Gestern Nacht habe ich wohl aus alter Routine heraus den Eimer mit ans Bett genommen. Erinnern kann ich mich aber nicht mehr daran.

Egal, Hauptsache ich habe mein Handy wieder, das sich gerade wieder lautstark bemerkbar macht.

„Ja, Hallo,, rufe ich genervt ins Handy.

‚Hey Onkel Peter ,ich bin es der Benny , habe ich dich geweckt ?,

du hast doch gesagt das du heute Vormittag frei hast. Wir wollen doch dein Auto waschen, innen aussaugen, die Scheiben reinigen.

Morgen wollen wir doch Mama überraschen und ein Picknick machen, Sie hat doch Geburtstag.

 Melanie hatte sich vorhin bald verplappert. Aber ich konnte es gerade noch zurecht biegen. Wir freuen uns schon riesig auf morgen. Der Wetterbericht sagt Sonne für die nächsten Tage voraus.Ich habe gedacht das... „Stopp „ Halt,, Benny , ich merke das ich Probleme mit dem Reden habe , mit der Aussprache .

Schön dich zu hören, ich bin gerade aufgewacht , ich habe gestern wohl zu tief ins Glas geschaut „.

„Was hast du mit einem Glas gemacht ?„ die Stimme von Benny klingt besorgt, „bist du verletzt , Onkel Peter ?.

„Nein ich bin nicht verletzt, das mit dem ins Glas schauen ist so eine Redensart, Benny ich habe gestern zu viel Alkohol getrunken.

Deshalb habe ich auch unseren Termin vergessen. Es tut mir Leid Benny. Nachher gebe ich das Auto bei der Tankstelle zum reinigen ab.Morgen früh hole ich euch natürlich wie versprochen ab, und dann geht es ab ins Grüne.

Mein Wort drauf, Ehrlich „ .

Das ich nicht Glaubhaft rüber kam bemerke ich an Bennys Tonfall und das er jetzt leider keine Zeit mehr zum Telefonieren hat. Schöner Mist, ich habe unser treffen vergessen. Richtig stolz bin ich auf meine Schwester und ihre beiden Kinder.

Wieder klingelt mein Handy, ob Benny doch noch ein mal mit mir reden will ?.

„Ja Hallo „ meine Stimme hört sich jetzt wieder normal an , alle Teile meines Körpers werden wieder von einem richtig arbeitenden Gehirn gesteuert. Endlich wieder.

„ Malz wo stecken sie denn „ eine tiefe Stimme brummt mich durch das Telefon an. „

Warum gehen sie nicht ans Handy ? „ ich bezahle sie nicht fürs Faulenzen, bewegen sie ihren Körper , jetzt „ .

Mein Chef , mal wieder in Bestform. „

Herr Lamm ,entschuldigen sie bitte , ich habe heute Vormittag frei „ versuche ich zu antworten und will zum weiter reden ansetzen als mein Chef mir ins Wort fällt.

Wie frei , schon wieder frei ?Als ich jung war, als junger Reporter da war ich immer unterwegs   für eine gute Story.

 Am Tage oder nachts, egal wann, von wegen ich habe frei , oder Chef ich bin heute krank. So was gab es in meiner Jugend nicht „ .

Die letzten Wörter hat er geschrien. Da diese Art von Telefonat mit meinem Chef immer nach dem gleichen Schema ablaufen habe ich vorsorglich mein Handy etwas von meinem Ohr genommen.
Am anderen Ende ist jetzt nur das schnaufen meines Chefs zu hören und ich nutze Blitzschnell die Gelegenheit um zu reden. ,
,Herr Lamm es ist doch Richtig das sie mich in die Sportabteilung ,, , ich finde nicht das passende Wort und zögere einen Moment, , ich meine versetzt haben ,, .
Donnernd fährt seine Stimme in meinen Satz ,, Herr Malz unsere Lokalreporterin ,die Frau ,äh, die Frau Rot ist gerade an einer wichtigen Sache dran. Sie verstehen, Herr Malz ?,, . Für einen Moment habe ich das Gefühl das seine Stimme einen menschlichen Ton annimmt. Leider muss ich meinen Gedanken sofort wieder verwerfen denn schon poltert seine Stimme,wie gewohnt, durch das Telefon. Mein Handy piept , der Akku ist schwach aber die Verbindung hält.

„Ab heute sind sie die Vertretung von Frau , von äh, von Frau Rot. Geben sie ihre Telefonnummer bei der Feuerwehr, beim Huber dem Polizisten, und dem Krankenhaus an, und wo sie meinen es wäre wichtig.

 Also Bewegung , und morgen das Fuß-ballspiel , der Fußballplatz liegt ja auf ih-rem Weg , da möchte ich vor und nach dem Spiel ein Interview von den Trainern der beiden Mannschaften.

Also dann , ich sehe sie dann morgen in der Redaktion wenn sie ihren Bericht ab-tippen „ . Bevor ich etwas antworten kann hat er schon aufgelegt.

Aber ich habe doch frei morgen, das Pick-nick ist morgen, mal eben vom Sportreporter zum Lokalreporter, zur Nummer eins, ich fühle mich geschmei-chelt.

Aber ich kann mich doch nicht zerteilen, Benny und seine Schwester Melanie wer-den den Rest des Jahres wohl nicht mehr mit mir sprechen, ich kenne die Beiden ziemlich gut.

Zügig mache ich mich an das telefonieren, und schon bald habe ich alles erledigt.
Auf dem Weg zu meinem Auto treffe ich meinen Vermieter, das Bauernhaus gehört schon seit Generation seiner Familie.
„Hallo Herr Malz „ spricht er mich lachend an „wieder mal im Stress ‚oder ?„ .
Nickend und ihm zuwinkend steige ich in mein Auto und fahr in den Ort wo meine Redaktion ist.
In Gedanken bin ich schon dort und überlege kurz ob ich jetzt das Büro von Frau Rot bekomme.Die Straße kenne ich mit verbundenen Augen, deshalb träume ich weiter vor mich hin, und beschwingt pfeife ich eine Melodie dabei.
Der große Berg auf meiner linken Seite glänzt im Sonnenlicht und gleich kommt die scharfe Linkskurve. Das sich in wenigen Sekunden mein ganzes Leben verändert, im Traum hätte ich nicht daran gedacht.
Rasant biege ich in die Linkskurve und mein eigener schriller Schrei holt mich brutal in die Realität zurück.

Mitten auf der Straße kommt mir ein Schneeräumfahrzeug entgegen , mit seinem riesigen Räumgerät vorne am Fahrzeug kommt es rasend schnell auf mich zu.

Links ist der Berg, und rechts sind Wiesen und vereinzelte Bäume. Ohne Nachzudenken reiße ich das Lenkrad nach rechts und ein jaulendes metallisches knirschen auf meiner Seite habe ich noch im Ohr als mein Auto von der Straße abhebt und Richtung Wiese fliegt.

Wie in Trance sehe ich plötzlich Bäume vor mir auftauchen und schon bin ich durch zwei Bäume geflogen.

Schon kommen die nächsten auf mich zu ,ich reiße meine Arme vor mein Gesicht und warte auf den Aufprall. Aber dann geht ein Ruck durch mein Auto und der Boden hat uns wieder.

Zögernd öffne ich die Augen , vor mir stehen drei riesige Bäume, hier wäre mein Flug zu Ende gewesen. Mit tödlichem Ausgang ,garantiert. Zitternde Hände suchen verzweifelt halt.

Blutgeschmack im Mund und der Geruch nach Benzin lässt mich nicht verschnaufen, ich muss raus aus dem Auto. Jetzt riecht es nach verbranntem Gummi, und noch intensiver nach Benzin.
Der Sicherheitsgurt hat mir bestimmt das Leben gerettet, aber jetzt lässt er sich nicht öffnen. Ein Blick durch die zerstörte Frontscheibe zeigt mir das kleine Flammen ihren Weg durch die zerbeulte Motorhaube suchen. Panisch zerre ich an dem Sicherheitsgurt.
Verzweifelt haue ich auf das Gurtschloss. Nichts, nichts passiert ,es öffnet sich nicht. Ein dumpfer Knall von vorne lässt mich zusätzlich erschaudern, der Motor brennt lichterloh.
Verzweifelt zerre ich weiter an dem Sicherheitsgurt, fange an zu schreien, ich heule, ich fluche, und muss mit ansehen wie das Feuer langsam zu mir kriecht.
Die Luft die ich einatme ist stickig und heiß, mir wird schwindelig. Mein Verstand setzt teilweise aus , denn jetzt sehe ich meine Mutter wie sie mir zuwinkt.

Das meine Mutter Tod ist fällt mir dann irgendwann ein.

Ich merke das ich immer wieder kurz bewusstlos werde, und immer wieder wach werde. Was für eine Höllenqual.

Das Armaturenbrett verformt sich durch die ansteigende Hitze und kochend heiße Tropfen fallen langsam auf meine Hose.

Mir fehlt die Luft um zu schreien oder zu weinen.

Ein gläubiger Mensch war ich nie, aber jetzt bete ich , ohne Stimme, lautlos in mich hinein.

+

An einem anderen Ort zur gleichen Zeit.

,, Diesmal muss es gelingen, der Meister wird ungeduldig, er ist zornig mit mir ,, .
Die Stimme ist heiser , die vielen Kerzen die den Raum nur mühsam beleuchten sind von schlechter Qualität und schwängern die Luft ins unerträgliche.
Schwitzwasser tropft von den Steinwänden und sammelt sich in riesigen Pfützen am Boden.
Das quietschen der tobenden Ratten hallt durch das Gemäuer und die schlurfenden Schritte der vermummten Person treibt die Ratten in ihre Löcher zurück.
,, Die Zeit ist gekommen, der Zeitpunkt ist berechnet ,,
 mit seinen dreckigen Händen wischt er sich den Schweiß vom Gesicht und fängt glucksend an zu lachen. Ein Hustenschwall unterbricht ihn, und ein kalter Luftzug lässt alle Kerzen schlagartig ersticken.

Der Vermummte spürt das er nicht
mehr alleine hier unten ist. Während er
sich in hündischer Ergebenheit auf den
Boden wirft schallt ein höhnisches Gelächter durch das Gemäuer und ein widerlich nach Verwesung riechender Gestank
breitet sich aus.
Der Vermummte übergibt sich lautstark
und seine entzündeten Augen starren in
die Dunkelheit hinein.
„ Ich wollte meinem treuen Diener nur
daran erinnern das auch diesmal alle Zeichen günstig stehen. Alle hundert Jahre
geschieht es, die Pforten der Hölle öffnen
sich,, .
Die Stimme donnert durch das Gemäuer
und die Kreatur von der die Kälte aus-
strömt lacht wieder höhnisch dabei.
Der Vermummte erhebt sich zögernd aus
dem Dreck und wischt sich die Reste vom
erbrochenem aus dem Gesicht.
 Er weiß das er nicht versagen darf, er
kennt die Strafe dafür.
Seit Jahrhunderten steht seine Familie im
Dienste dieser Kreatur , und sie leben da-

von gut. Noch nie hat jemand die Kreatur gesehen und anreden darf ich

ihn nur mit dem Titel „ Meister „ . Im Raum wird es noch kälter , die Kreatur ist noch hier und fängt mit leiser strenger Stimme an zu reden.

„ Ich soll dich von deinen Ahnen grüßen, ihnen geht es wunderbar, sie fühlen sich wohl bei mir, und sie wissen das du der Richtige bist für diese Aufgabe .

Du bist doch der Richtige ,oder irren sich deine Ahnen „ ?.

Seine Stimme klingt jetzt bedrohlich nüchtern. „ Meister ich bin der Richtige, meine Ahnen werden Stolz auf mich seien , euer Wille geschehe Meister„ dabei schlägt er panisch nach einer Ratte die sich in seinem Umhang verstecken will. ,

, Ich werde rechtzeitig wieder kommen ,denke daran Mensch „ die Stimme ist wieder drohend dabei und das Gelächter hallt noch durch das Gemäuer als die Kreatur schon längst wieder diesen Ort verlassen hat.

Schwefelgeruch verteilt sich rasch.

Überall liegen tote Ratten herum und aus den Löchern kommen neue und fallen gierig über ihre Toten Artgenossen her. Angewidert dreht sich der

Vermummte weg und geht zu einer verwitterten Truhe die neben der Tür steht.

Mit einem Ruck zerrt er den Deckel hoch und wühlt hektisch den Inhalt heraus.

Seine Hände tasten gierig den Boden der Truhe ab , aber finden nichts.

Die Truhe ist leer. „Mist „ flucht der Vermummte und haut den Deckel der Truhe geräuschvoll nieder.

Gehetzt dreht er sich um, doch im gleichen Moment huscht kurz ein lächeln über sein Gesicht.

+

Die Bewusstlosigkeit entlässt mich für einen Moment und jetzt höre ich die Stimme in meinem Kopf wieder lautstark die meinen Namen ruft.

„ Peter , hilf mir , rette mich , rette meine Seele „

ein herzzerreißendes schluchzen und weinen begleitet die sanfte Stimme.

Benommen nehme ich war das mit einem dumpfen Knall die Heckscheibe zerplatzt. Mechanisch drehe ich meinen Kopf nach hinten , die Augen dabei geschlossen ,und gleichzeitig ist jeder Schmerz in meinem Körper verschwunden.

Vorsichtig öffne ich die Augen , auf dem Rücksitz sitzt eine Person. Ein gequälter Schrei kommt über meine Lippen und wieder ist die sanfte Stimme in meinem Kopf.

„Peter , du brauchst keine Angst vor mir zu haben, ich helfe Dir ,

Langsam beruhige ich mich man hat mich gefunden endlich ist Rettung da. Doch dann werden die Umrisse der Person durchsichtig .

Es ist eine Frau , und dann löst sie sich ganz auf. Ein angenehmer Duft , wie von einer Blumenwiese, verbreitet sich rasch im Auto.

Meine Sinne spielen mir einen Streich, das sind meine letzten Gedanken bevor die Ohnmacht mich wieder verschluckt.

,, Er hat großes Glück gehabt, die Verbrennungen sind nur oberflächlich , er muss einen Schutzengel gehabt haben ,,.

Die Stimme holt mich wieder in die Realität zurück. Vogelgezwitscher lässt mich neugierig die Augen öffnen, und um mich herum stehen Feuerwehrleute.

,,Schön das sie wach sind ,ich bin der Notarzt, sie hatten einen schweren Autounfall. Haben sie Schmerzen, spüren sie ihre Glieder, können sie aufstehen ,,?.

Mein Körper sieht ziemlich mitgenommen aus aber Schmerzen habe ich keine, langsam und mit wackeligen Beinen stehe ich auf.

Mein Auto ist total ausgebrannt, stinkender Qualm liegt in der Luft. Bruchteilhaft kommt die Erinnerung wieder,

das Räumfahrzeug, der Sicherheitsgurt hat
geklemmt, eine Frau im Auto, ich soll ihr
helfen, und dann löst sie sich in Luft auf.
Mir wird schwach in den Beinen und ich
setze mich rasch auf den Rasen.

,, Ein Krankenwagen bringt sie ins Krankenhaus, man soll sie dort richtig Untersu-
chen ,, die Stimme des Notarztes klingt
besorgt dabei.

,, Die Reste von ihrem Auto werden in die
Stadt gebracht ,, dann nickt er mir im weg-
gehen noch zu.

,, Herr Malz geht es ihnen gut ,, ? vor mir
steht Franz ,der Sohn meines Vermieters.
Ein Freund von mir ist bei der Feuerwehr ,
er hat mich angerufen. Kann ich sie irgendwo hinbringen ?

,, Sie könnten mich nach Hause bringen,
dann kann ich duschen und mich umzie-
hen.

Als wir gerade losfahren wollen kommt
uns mit Blaulicht der Rettungswagen entgegen. Franz schaut mich einen Moment
an , dann gibt er Gas und wir fahren zu
meiner Wohnung. Schweigend erreichen

wir das Haus , dankend aber in Gedanken versunken betrete ich mein Zimmer . Als ich unter der Dusche stehe , sehe ich das mein ganzer Körper mit blauen und gelben Blutergüssen überseht ist. Aber ich habe keine Schmerzen dabei.

Hat die Frau im Auto nicht gesagt das sie mir hilft ?.

Wer ist sie aber , und was wollte sie von mir ?. Sie flehte mich an ihre Seele zu retten.

Der schwere Autounfall , der Schock, das ist wohl alles nur Einbildung.

Die Nacht habe ich traumlos hinter mir gebracht und jetzt sitze ich in einem Taxi und fahre zur Polizei. Gestern Abend bekam ich noch einen Anruf von Herrn Huber , unserem Dorfpolizisten.

Wenn es mir besser gehe soll ich doch bei ihm vorbeischauen ,wegen meinem Autounfall. Reine Routine meint er.

Zwei Stunden später sitze ich in der Redaktion , auf dem Stuhl von Frau Rot.

Von einem Kollegen erfahre ich das Frau Rot an einer großen Sache dran ist.

Alles streng Geheim natürlich. Eine Notiz von meinem Chef erinnert mich wieder an den Bericht von dem Fußballspiel.

Der Alte hat sich über meinen Gesundheitszustand informiert und findet ich sei Arbeitsfähig.

Gedankenverloren blättere ich in dem Stapel Blätter der auf dem Schreibtisch Turmhoch gestapelt ist. Nichts neues für mich dabei, der übliche Klatsch und Tratsch.

Das Telefon gibt einen schrillen Ton von sich und mechanisch hebe ich den Hörer ab.

„ Malz hier , ach der Herr Huber , womit kann ich ihnen den noch helfen ?„ schon wieder die Polizei . „ Herr Malz ich hätte da noch einmal eine , wie soll ich sagen , Frage. Sie sprachen von einem Räumfahrzeug das ihnen entgegen kam, das stimmt doch so ,oder ? „ .

„ Ja das stimmt , der hat mich fast frontal erwischt. Haben sie das Auto gefunden ?„ antworte ich schnell und aufgeregt .

Der Polizist zögert und antwortet dann ,

,Wie soll ich es sagen Herr Malz, wir haben keine Spuren sichern können, und im Umkreis wird so ein Fahrzeug auch nicht vermisst. Es tut mir Leid , Herr Malz „Meinen sie ich spinne Herr Huber „ schreie ich ihn durchs Telefon an, ich habe mir das nicht eingebildet „

 genervt lege ich den Hörer auf die Gabel zurück und Trommel mit den Fingern auf die Tischplatte. Nachdenklich schaue ich noch mal zum Telefon, es muss doch eine Wiederholungstaste haben.

Genau da ist sie, und schon habe ich gedrückt. Es tutet ewig in der Leitung ,dann ein knacken und eine Männerstimme meldet sich

„ hier ist Pfarrer Blum , guten Tag, ich bin der Gemeindepfarrer. Was kann ich für sie tun ?,

Ohne etwas zu antworten habe ich schon wieder aufgelegt. So das letzte Telefonat hat Frau Rot mit unserem Dorfpfarrer geführt , wollte sie einen Termin zum Beichten ?.   +

Die Versuchung

So ein Flegel ,ruft einfach an und sagt
dann nichts. Legt einfach auf , früher gab
es so was nicht.

 Kopfschüttelnd geht Pfarrer Blum in die
Sakristei zurück, und spürt wieder die Kälte der Wände. Es muss soviel hier erneuert
werden , die Fenster sind undicht ,aber die
Spenden werden immer weniger. Abrupt
bleibt er stehen, er spürt es, er ist nicht alleine, er spürt das Böse.

Es ist doch noch nicht soweit, es sind doch
noch ein paar Tage , der Zeitpunkt ist doch
noch nicht gekommen.

,, Pfarrer Blum ,, eine sanfte Frauenstim-
me hinter Ihm und eine weiche Hand die
sich auf seine Schulter legt lässt ihn zu-
sammenzucken. Erschrocken dreht er sich
um und schaut verblüfft in das jugendliche
Gesicht einer Frau. Ihre Augen sind wie
zwei Magnete, er kann sich nicht dagegen
wären. Er muss sie anschauen, und
gleichzeitig beschleunigt sein Herz in
einen wilden Galopp. Schweißperlen glän-

zen auf seiner Stirn und seine Handflächen
sondern unkontrolliert Feuchtigkeit in
großer Menge ab.

„ Herr Pfarrer , ich wollte sie nicht erschrecken , ich wollte Beichten , ist es
möglich ? „ .

Erst jetzt kann er den Blick von ihren Augen lassen und nickt langsam

„ natürlich können sie Beichten Frau
Müller „ vor ihm steht die junge Frau des
Apothekers .

Wie in Trance bemerkt er jetzt erst das die
junge Frau einen durchsichtigen Morgen-
mantel trägt. Ihr lächeln wird intensiver
und ihre Arme umschlingen seinen Körper
dabei.

„ Frau Müller, was machen sie da, um
Gottes Willen hören sie auf „ .

Ihre Lippen drücken sich zart auf seine,
und ihre Hände schlüpfen unter sein
Hemd und erkunden seinen Körper, den
ganzen Körper.Verzweifelt versucht er
sich aus der Umarmung zu lösen, aber sein
Körper gehorcht ihm nicht .

Ihre Hände sind so heiß.

Lautstark fängt er an zu beten , er weint, dann dringt ein stöhnen zwischen seinen Lippen hervor, er ist wie gelähmt. Sein Herz fängt an zu rasen , und sein Atmen wird immer hektischer.

Seine Gedanken wirbeln umher, er glaubt zerreißen zu müssen, sie soll aufhören, die Hände, nehmen sie die Hände von meinem Körper.

Nur verlässt kein Wort seine Lippen, sein Körper ist wie gelähmt.

Er betet , und betet, und fühlt sich mit einem mal unendlich weit von Gott entfernt, Herr hilf mir, deinem sündigen Diener.

Hilf mir bevor ich der Sünde verfalle und dabei blickt er verzweifelt auf den kleinen Altar neben der Tür als wenn von dort die Rettung käme.

Aber was er dort sieht ist rational nicht zu verstehen , die geschnitzten Heiligenfiguren tanzen nackt auf dem Altar und machen obszöne Bewegungen in seine Richtung dabei.

Die Hände der Frau hinterlassen ein brennen auf seinem Körper und er weiß das er

gleich verloren hat, seine Keuschheit , sein
Leben lang hat er Gott ohne Sünde ge-
dient. Herr ich bin doch nur ein armer
Sünder schreit er aus sich heraus, hilf mir.
Die geschnitzten Heiligenfiguren stehen
jetzt alle neben einander , auf dem Altar,
und starren ihn vorwurfsvoll an.
Die Turmglocke schlägt plötzlich so laut
als wenn sie neben ihm stände , und von
einem Moment auf den Anderen ist es
Stockdunkel in der Sakristei. Die Hände
verschwinden von seinem Körper ,aber
der Atem der Frau ist noch an seinem Gesicht zu spüren.
,, Herr Pfarrer ,, ihre Stimme klingt jetzt
anders,
lieben sie mich nicht , warum lieben sie
mich nicht.?, wir sind doch hier allein ,, .
Die letzten Wörter hat sie geschrien und
jetzt riecht ihr Atem nicht mehr verführe-
risch , ein bestialischer Gestank liegt in
der Luft und eine grässliche Fratze starrt
ihn an.
 Ein höhnisches Gelächter hallt durch die
Sakristei und eine tiefe Stimme spricht.

„ Pfaffe , dein Gejammer , hilft dir nicht auf Dauer, ich kriege dich noch. Bald hätte ich dich gehabt „ sein schauderhaftes Lachen hallt durch die Räume. Angewidert weicht der Priester zurück und starrt in die Dunkelheit. Alles ist Lug und Trug, Frau Müller ist nicht hier, ein Dämon hat ihre Gestalt angenommen.

„ Deine Vorgänger haben sich amüsiert , die Namen der Frauen spielen keine Rolle, und sind alle in meinem Reich, und vergnügen sich „ .

„ Pfaffe halte dich in den nächsten Tagen in deinem Bau auf , du kannst sowieso nichts ändern daran , ich werde immer mächtiger und werde euch zerquetschen „ .

Ein starkes vibrieren wirft den Priester von seinen Beinen und er fällt rückwärts auf den Steinboden, ein Geräusch als wenn eine Kokosnuss geknackt wird begleitet den Aufschlag seines Schädels auf die Steinfliesen. Ein Stöhnen dringt aus seinem Mund und die Ohnmacht befreit ihn erst mal von seinen Schmerzen.

Das schauderhafte Gelächter wird schwächer , und die Eiseskälte verlässt die Sakristei . Die Dunkelheit weicht dem Tageslicht das sich wie eine große Welle im Raum verteilt . Die geschnitzten Heiligenfiguren haben sich wieder beruhigt . Das langgezogene Stöhnen des schwer verletzten Priesters hallt durch die Räume .

+

Mit einem Mietwagen mache ich mich auf zum Fußballplatz , erledige meinen Job , diesmal nur mit halben Herzen. Mit meiner Schwester habe ich vorhin telefoniert, sie hat Verständnis das ich nicht zu ihrem Geburtstag komme.

Sie ist froh das mir bei meinem Autounfall nicht mehr passiert ist und auch Benny scheint mir verziehen zu haben.

Wir werden das Picknick nach holen, Ehrensache. Ein Rettungswagen rast mit Blaulicht und Sirene an mir vorbei .

Ich klemm mich dahinter und halsbrecherisch fahre ich hinter her.

Mal sehen wo es hin geht, vielleicht reicht es ja für eine Story.

Nach kurzer Zeit erreichen wir die Dorfkirche und werden schon von der Polizei erwartet.

Der Priester ist in der Sakristei schwer gestürzt, eine schwere Verletzung am Hinterkopf hat er sich zu gezogen. Sein Zustand ist kritisch ,er muss sofort ins Krankenhaus gebracht werden. Einige Fragen später weiß ich das die Sakristei total verwüstet wurde, als wenn der Priester Einbrecher überraschte und diese ihn dann angegriffen hätten.

Es scheint aber nichts gestohlen zu seien , meint ein Ministrant der gerade aus der Kirche kommt. Ein paar Zeilen werde ich wohl über diesen Einbruch schreiben müssen, mein Chef und der Priester kennen sich sehr gut.

Der verletzte Priester wird im Rettungswagen an Schläuche und Kabel gelegt die wiederum in verschiedenen Monitoren Enden.

Außer dem Rettungspersonal im Fahrzeug steht noch eine weitere Person daneben. In einem auffallendem weißen Kleid sehe ich eine weinende junge Frau neben dem verletzten Priester.

Merkwürdig ist nur das ihre Konturen immer wieder undeutlich werden, als wenn sie sich in Luft auflösen würden.Jetzt erinnere ich mich wieder , bei meinem Autounfall , auf dem Rücksitz , sie hatte mit mir gesprochen, nein nicht gesprochen, ihre Stimme war in meinem Kopf. Ein

Schaudern rast durch meinen Körper ,was
macht die Frau gerade hier ?.
Im selben Moment sehe ich wie der Notarzt einfach durch sie durch geht, als wäre
sie Luft ,kein Mensch ,ein Geist ?.
Blödsinn , ein Geist , mein Unfall muss
mich wohl schwerer mit genommen haben
als ich gedacht habe.
„ Du siehst mich, nur du Peter kannst
mich sehen und hören, meinen Schmerz
fühlen „
.Ihre Stimme ist wieder in meinem Kopf ,
und sie schaut mich dabei traurig an. Es
muss eine rationale Erklärung dafür geben, Geister und Gespenster gibt es nur
am Wochenende, im Kino , und dabei le-
ckere Chips und kalte Cola.
„ Peter „ ihre Stimme wird jetzt schriller,
der Kampf fängt langsam an, du musst mir
helfen ,unser Treffen in deinem Auto , es
war kein Zufall. Du bist der Auserwählte ,
du bist der Retter. Dein Leben wird sich
ab heute verändern, du hast die Macht „ .
Irritiert schaue ich mich um, niemand hat
etwas bemerkt, und niemand hat die Frau

im Rettungswagen gesehen, jetzt ist sie verschwunden.

Das sich am Himmel dunkle Wolken zusammen ziehen sehe ich beiläufig und mit ein paar Schritten bin ich an dem Fenster der Sakristei.

Ich bin der Auserwählte ?, der Retter ?, was meint sie damit ?.

Ein mächtiges Donnern über mir und ein zuckender Blitz aus einer schwarzen Wolke lässt mich zusammen zucken. Der Blitz schießt übers Dach und ich atme erleichtert auf.

Rasch schaue ich durch das verwitterte Fenster und als ich hinter mir Geschrei höre drehe ich mich erschrocken um.

Mit lautem Getöse rutschen von oben einige schwere Steine knapp an mir vorbei zu Boden. Meine Neugierde gerade hat mir wohl das Leben gerettet.

Um mich herum ist alles still, die Menschen schauen erstaunt abwechselnd zum Dach, dann zu
mir , und dann zu den Steinen die vor mir liegen. Mit einem Sprung bin ich über die

Steine und schaue selbst nach oben. Der Himmel ist seltsam blaugrün gefärbt, und auf dem Dach fehlt der Schornstein, er liegt in Einzelteile zerlegt vor mir.

Mein Leben wird sich ab heute verändern sagt die Frau, es hat schon angefangen, knapp bin ich gerade dem Tode entgangen. Ich will kein Retter sein, ich bin doch nur Reporter, mehr nicht.

Der Polizist klopft mir auf die Schulter, andere Menschen machen es nach, und beglückwünschen mich.

Nur weg hier, mit schnellen Schritten bin ich zu meinem Auto gerannt und fahre in die Redaktion zurück.

+

Langsam kommt ihre Erinnerung wieder, jemand hat sie entführt, man hat sie mit irgendwas betäubt und dann verschleppt.

Die Luft die sie einatmet stinkt nach Fäulnis und überall um sie herum raschelt und piepst es.

Noch während sie versucht in ihrem Kopf Klarheit zu bekommen spürt sie einen stechenden Schmerz an ihrer rechten Hand.

Sie schreit panisch auf und merkt das sich etwas in ihre Hand verbissen hat.

Angeekelt springt sie auf und versucht das Tier ab zu schütteln und ihr heulen wird von den feuchten Steinwänden verzerrt als Echo zurück geworfen.

Sie schleudert ihren Arm unkontrolliert durch die Luft und versucht dadurch das Tier von sich zu trennen.

Ihr eigenes Blut spritzt ihr ins Gesicht und verzieht sich dabei zu einer Grimasse , ihr Blick spiegelt ihr Entsetzen wieder.

 Sie dreht sich um sich selbst , rutscht auf dem feuchten Boden aus und schlägt der Länge nach vorne über. Ein schrilles grässliches Quietschen des Tieres und ihr eigenes Geschrei vermischen sich für einen Moment und dann ist es still im Raum.

Die Ratte liegt mit verdrehtem Körper neben ihr, Tod. Beim Aufprall auf dem Boden hat sie sich wohl alle Knochen gebrochen. Ihre Hand schmerzt fürchterlich und die Bissspuren der Ratte haben schreckliche Spuren hinterlassen.

Schreiend springt sie auf die Beine als das Stroh um sie herum raschelt und angeekelt muss sie mit ansehen wie die tote Ratte von ihren Artgenossen zerrissen wird.

Für einen Bruchteil von Sekunden öffnet ihr Gedächtnis sich und überschwemmt sie mit den Ereignissen der letzten Stunden.

Es war ein langweiliger Tag in der Redaktion gewesen , als ihr die Geschichte wieder einfiel die ihr ein Onkel , ihres Vaters, ihr ein mal vor langer Zeit erzählt hat.

Der Onkel ist der Dorfpfarrer hier im Ort und bis vor kurzem noch davon überzeugt das es den Teufel nicht gibt. Jeder Mensch entscheidet sich für sein Leben , als guter Mensch oder als schlechter Mensch. Oft

hatte er Streit deshalb in der Gemeinde
und oft war Sonntags die Kirche leer, bis
auf einige die nach der Messe mit ihm ein
paar Becher Messwein lehrten.
Doch eines Tages war er wie verwandelt,
irgendetwas war geschehen . Plötzlich pre-
digte er von der Wiederkunft des Teufels
und seiner Vasallen und dem Endkampf ,
das Gute gegen das Böse , Jesus Christus
gegen den Teufel.
 Der Onkel wollte ihr etwas zeigen, ja genau , sie sollte zu ihm kommen Sein Verhalten wurde immer merkwürdiger, er hatte Angst , er fühlte sich beobachtet.
 Ich rief ihn an und wir verabredeten uns,
für eine Story in der Zeitung würde es rei-
chen. Natürlich nahm ich diesen Quatsch
nicht ernst, denn ich wusste,von einem
Messdiener, das der Vorrat an Messwein
in letzter Zeit rasant abnahm.
Die erlösende Ohnmacht legt sich wie ein
Nebel um das Gehirn und eine wohltuende
Wärme breitet sich im ganzen Körper aus.
Ein lautes metallisches Schaben an der
Tür holt sie benommen aus der Ohnmacht

zurück. Eine vermummte Gestalt betritt den Raum und bleibt eine Zeitlang still stehen. Ein fauliger Geruch nach verschimmelter Nahrung und erbrochenem erfüllt den kleinen Raum . In den Wänden hört man es rascheln und knistern ,dutzende von Ratten lauern in den Wänden .

+

Der Vermummte lauscht in die Dunkelheit
hinein, und sein Gesicht verzieht sich
langsam zu einer Grimasse.
Speichel läuft aus seinem Mund und sammelt sich an seinem verschmierten Kinn.
Er versucht zu denken , eigenständig zu
denken, aber auch diesmal bricht er mitten
drin ab , er schafft es nicht.
 Immer dann wird er wütend, er will auch
ein mal richtig denken können, Dinge verstehen , erklären können.
Auch seine Familie hat im laufe der Jahr-
hunderte keine Genies hervorgebracht ,
Intelligenz war nicht ihre stärke. Die ein-
fachen Dinge im Leben sind für ihn schon
schwierig.
Der Meister regelt alles, nie hat es an etwas gefehlt, der Meister befiehlt und wir
machen ,erledigen, es.
So war es und so wird es bleiben. Warum
sollen wir uns Gedanken machen, warum
sollen wir denken ??. Viel Zeit verbringt
er hier unten, bei den Ratten , im Dunkeln.

Jetzt fällt ihm wieder ein was er in der Truhe gesucht hat, ein Spielzeug .

Von sich als er noch ganz jung war. Jemand hat es mir weggenommen , bestimmt waren die Kinder wieder hier unten gewesen , haben verstecken gespielt . Der Meister hat es aber verboten, ich muss mich darum kümmern, der Meister wird schnell zornig wenn seine Befehle nicht befolgt werden.

Meinem Bruder hat er die Beine gebrochen, damals hatte mein Bruder den Befehl des Meisters nicht sofort befolgt.

Wieselflink bewegt sich der Vermummte in der Dunkelheit vorwärts, ab und zu tritt er nach den Ratten und lacht dann glucksend vor sich hin.

Vor einer Holztür bleibt er abrupt stehen und legt seinen Kopf vorsichtig an das faule Holz. Er lauscht angestrengt und lässt dabei seine Augen kreisen. Mit einem fauchen greift er sich ins Haar und fängt eine fette Spinne.

Angeekelt schaut er sie kurz an bevor er sie in der Faust zerquetscht, er ekelt sich vor Spinnen. Mit der freien Hand schiebt er den rostigen Riegel zurück und die andere Hand , mit den Resten der zerquetschten Spinne, wischt er an seiner Kutte ab. Unter seinen Sohlen raschelt das frische Stroh als er vorsichtig den kleinen Raum betritt.

Er hat den ganzen Fußboden mit frischem Stroh aus gelegt, der Meister hat es so verlangt.

,, Wer ist da ,, ? , eine schwache Stimme kommt aus der Ecke. ,

, Bitte tun sie mir nichts, ich bitte sie ,, . Die Stimme klingt ängstlich , und wird von einem Hustenanfall begleitet.

,, Ich bin der Aufpasser , ich bringe essen und trinken und leere den Kübel mit der Notdurft.

Für das Alles bin ich verantwortlich sagt der Meister. Sie brauchen keine Angst vor mir haben, meine Familie passt immer gut auf euch auf .

Nur könntet ihr euch wenn ihr geht bei mir , und meiner Familie , bedanken.Ihr seid

dann einfach weg und auch der Meister
gibt mir keine Antwort. Bald ist wieder
die Nacht gekommen, mein Meister wartet
schon ungeduldig darauf , das es wieder
geschieht „ .
Fluchend bückt sich der Vermummte ,
greift blitzschnell nach einem Stein und
wirft ihn zielsicher in die Dunkelheit, einer Ratte hinterher die sich gerade über
das Essen hermachen wollte.

+

Die vier Männer sitzen um einen runden ,
uralten Tisch und die Beleuchtung des
Raumes wird von der großen schweren Ei-
senlampe gespendet die tief von der Decke
herunterhängt.

 Alle tragen sie schwarze Kutten aus groben Leinen. Nervosität liegt in der Luft,
und als sich eine Person erhebt blicken
alle erleichtert zu ihm.

,, Danke das ihr gekommen seid, ich ma-
che es kurz, ihr wisst das wieder hundert
Jahre vergangen sind. Nur noch ein paar
Tage dann ist es wieder so weit.

 Der Satan wird versuchen einen Dämon
gegen eine gute Seele zu tauschen.
Zweimal in den letzten zweihundert Jahren konnte unser Geheimbund es verhindern. Wenn wir es auch dieses mal verhindern können dann kann es der Satan erst
wieder in dreihundert Jahren versuchen.
So steht es geschrieben.
Es steht geschrieben das Satan noch einen
Dämon braucht, dann hat er zwölf zusammen.

Ihr wisst das er dann als Antichrist erscheint, und uns, den Geheimbund der letzten Tage, vernichten will.

Wir sind das letzte Hindernis für ihn. Danach wird es zum offenen Kampfe kommen , der Satan mit seinen zwölf Dämonen gegen unseren Herrn Jesus Christus und seinen zwölf Aposteln.

Die zwölf Apostel die das letzte Abendmahl mit unserem Herrn einnahmen.

Wie wir aus unseren Aufzeichnungen wissen wird der Satan diesmal noch grausamer im Vorfeld wirken, er hat viel zu verlieren „ .

Für einen Moment ist es absolut still im Raum , nur die Uhr auf der Kommode bei der Tür tickt geräuschvoll vor sich hin.

Die Männer schauen sich kurz an und beobachten wie der Sprecher das uralte Buch ,das in der Mitte des Tisches liegt, langsam aufschlägt.

Er hebt das Buch leicht an damit alle die Seite sehen können .Das Bild zeigt eine Schlachtszene, der Satan mit seinen zwölf Dämonen gegen Jesus mit seinen zwölf

Aposteln, und eine riesige schwarze Sonne
die das ganze Geschehen noch grausamer
wirken lässt. ,

, Seht das ist der letzte Kampf, wer ihn ge-
winnt ist der Herrscher „ . Wir müssen auf
der Hut sein, der Satan, diese listige
Schlange , wird nichts unversucht lassen
um uns zu täuschen .zu belügen,und zu be-
trügen „ .

Feierlich schließt der Mann das Buch wieder und legt es behutsam wieder zurück.
Das Telefon auf der Kommode klingelt
leise und der Sprecher geht würdevoll
,langsam, zum Telefon.

Nimmt ohne Eile den Hörer ans Ohr und
lauscht . Dann nickt er leicht ,legt den Hörer zurück und kommt wieder , langsam,
an den Tisch zurück.

Die Augen der Männer blicken gespannt
zu ihm und mit einem leichten Kopfnicken
fängt er leise an zu sprechen.

Er holt tief Luft dabei „ es hat begonnen,
der Satan ist zum Kampfe angetreten „ .
Dann setzt er sich und faltet die Hände,
die Anderen

machen es ihm nach und schon erfüllt ein
Gemurmel den Raum. Sie beten in einer
uralten Sprache , aramäisch , es ist die
Sprache Jesu.
Alle vier spüren gleichzeitig das sie nicht
mehr alleine im Raum sind , sie spüren die
Anwesenheit von Engeln.

+

Im Krankenhaus

Es sieht nicht gut aus für den Priester , er
braucht jetzt Ruhe , und wer Beten möchte
der sollte es jetzt, mehr können wir im
Moment nicht für ihn tun „
die Stimme des diensthabenden Arztes auf
der Intensivstation klingt müde dabei.
Man brachte den bewusstlosen Priester gerade in dem Moment als er zum Golfspie-
len gehen wollte.
Eine erste Untersuchung hat ergeben das
sich der Priester bei seinem Sturz die linke
Schulter ausgekugelt hat.
Eine Blutung im Gehirn konnte durch eine
sofort eingeleitete Notoperation gestoppt
werden.
Was muss der Priester wenige Minuten
vor seinem Unfall durch gemacht haben,
in seinem Gesicht spiegelt sich immer
noch blankes Entsetzen wider.

Kopfschüttelnd schaut der Arzt die junge
Krankenschwester kurz an und sagt leise
„ sie rufen mich sofort wenn sein Zustand
sich verändert , passen sie gut auf ihn auf ,
ich bin in meinem Zimmer„ .Die Krankenschwester schaut dem Arzt nach und als
sie sich umdreht schaut sie für einen Moment aus dem Fenster . Irritiert starrt sie
auf die dunkle Wolke die sich rasend
schnell auf das Fenster zu bewegt.
Bevor sie einen Ton über ihre Lippen
bringt klatscht es von außen an die Scheibe. Erst jetzt hallt ihr Schrei durch die Intensivstation, und sie sieht wie große
schwarze Vögel gegen die Scheibe knal-
len.Dutzende müssen es sein die ungebremst in den Tod fliegen.
 Das grausame knacken beim Aufprall
hört erst nach einer Ewigkeit auf. Dann ist
alles still , und das Fenster ist überseht mit
Blut, schwarzen Federn und Reste von toten Vögeln.
 Im selben Moment jault die Sirene an der
Decke, und in ihrem Stationszimmer läutet
das Telefon energisch vor sich hin.

Alle Fenster der Intensivstation sind von
außen mit Vogelreste beschmiert, das hat
man ihr gerade durch das Telefon mitge-
teilt. Der Direktor des Krankenhauses hat
sofort beim Veterinäramt angerufen und
um Hilfe gebeten . Die Sirene hat ihr jaulen wieder eingestellt und langsam kehrt
wieder Normalität auf der Intensivstation
ein. Routine mäßig schaut die Krankenschwester nach ihren Patienten und ihr
Herz macht einen Doppelschlag als sie an
das Bett des Priesters kommt.
Sie will schreien , sie greift sich in die
Haare, was sie sieht kann nicht sein, ihr
Gehirn gaukelt ihr etwas vor. Ja so muss
es sein.
 Auf der Brust des Priesters hüpft ein
großer schwarzer Vogel hin und her und
dabei hackt er immer wieder in das Gesicht des Priesters.
Jetzt hackt der Vogel seinen Schnabel tief
in das Auge des Priesters und reist den
Augapfel heraus , Blut spritzt auf ihre
Kleidung. Der Priester rührt sich nicht, er
ist schon Tod , der Herr hat ihn erlöst , das

sind ihre letzten Gedanken bevor sie ohnmächtig wird.

 In der Redaktion ist nichts los und schnell tippe ich einen Bericht über den verunglückten Priester.

Die Polizei tappt noch im Dunkeln, Überfall oder ein Unfall, man weiß es noch nicht. Ich lehne mich in meinem Sessel entspannt zurück und träume von dem Picknick , nur holt mich die laute Stimme eines Kollegen wieder auf die Erde, der nur seinen Kopf in das Büro hält und brüllt

„ Das Krankenhaus wurde von großen schwarzen Vögel angegriffen, die sind einfach gegen die Scheiben geflogen , ein grausiger Anblick, der Chef will das du dir das anschaust und ein paar Zeilen darüber schreibst „ die letzten Wörter spricht er noch als er schon wieder geht.

Na toll , der Chef will das ich zum Krankenhaus fahre und einen Artikel schreibe, ich habe ja schon immer geahnt das mein Chef mich nicht leiden kann.

Genervt verlasse ich die Redaktion , und

schlendere zu meinem Auto. Vielleicht
lenkt das Autofahren mich etwas ab.
Normalerweise macht so was unser Lehrling. Er will mich provozieren , vielleicht
denkt er ja das ich freiwillig kündige,
 da hat er sich aber gewaltig geschnitten.
Kurze Zeit später bin ich mit meinem
Auto zum Krankenhaus unterwegs.
 Genervt fahre ich schon eine Zeitlang hinter einem qualmenden Trecker und suche
immer wieder den Moment zum Überholen . Immer wieder fahre ich über die
durchgezogene weiße Linie nach links und
suche den günstigsten Augenblick zum
Überholen , da ist die Lücke , meine Hand
greift mechanisch zum Schaltknüppel als
eine weinerliche Stimme meinen Namen
ruft. , „Peter , nein , bleib hinter dem
Traktor, bitte nicht überholen „ .
Ein lautes knirschen vom Getriebe lässt
mich zusammen zucken, und das Überhol-
manöver abrupt beenden. ,
 „ Peter , habe keine Angst, ich bin es ,wir
kennen uns doch schon „ .
Blumenduft umhüllt sie.

Verwirrt schaue ich zur Rückbank und sehe die weiße Frau dort sitzen und im selben Moment rauscht ein Schneeräumfahrzeug mit seinem riesigen Räumgerät an meiner Seite vorbei . Funken sprühen und ein hässlicher Quietschton von aufgerissenem Metall begleitet Sekunden lang das berühren der Fahrzeuge.

Mit letzter Kraft lenke ich mein Auto nach rechts auf den Standstreifen und meine Hände zucken dabei unkontrolliert am Lenkrad .

„ Peter die schwarzen Mächte versuchen dich umzubringen , sie müssen dich umbringen, du bist der Auserwählte, die Zeit läuft ab. Peter der Priester ist Tod, die schwarzen Mächte haben ihn getötet „ .

Ihre Gestalt wird durchsichtig und ihre Hände greifen nach mir.

„Peter , meine Kraft wird weniger, Du musst es finden dann weißt du Bescheid, dann weißt du was zu tun ist, beeile dich „

Sie ist weg , nur der Duft von einer Blumenwiese bleibt zurück.

Mein Verstand arbeitet zu langsam.

Neben mir hält ein Auto und der Fahrer
fragt ob ich ein Problem hätte , ja ein Problem habe ich schon nur dabei kann mir
niemand helfen denke ich ,und dankend
überzeuge ich den Fahrer das bei mir alles
in Ordnung ist. Zum zweiten Mal hatte ich
eine Begegnung mit einem Schneeräum -
 fahrzeug . Ein bisschen zu viel Zufall für
meinen Geschmack finde ich und massiere
meine Hände dabei.
Die schwarzgekleidete Person die an einem Baum steht bemerkt er nicht. Die
Vögel im Baum versuchen zu entkommen
doch der Gestank der in der Luft liegt
lässt sie qualvoll verenden .

+

Die vier Männer haben das Gebet beendet
und bevor sie sich erheben schauen sie
kurz zu dem uralten Buch.
Das Buch liegt nicht mehr auf dem Tisch ,
es schwebt einige Zentimeter , langsam
um sich selbst drehend, abgehoben von
der Tischplatte.
Es ist umhüllt von einem durchsichtigen
Nebel indem kleine goldene Sterne tanzen
und langsam bewegt es sich dann zu dem
Sprecher und das Buch spricht mit ihm.
In seinem Kopf hört er die sanfte Stimme ,
er versteht die Worte nicht , aber eine
wohltuende Wärme durchströmt seinen
Körper.
Auch bei den anderen Männern hält das
Buch für einen Moment, und als das Buch
wieder in der Mitte des Tisches liegt haben die Gesichter der Männer einen zu-
friedenen und entspannten Gesichtsaus-
druck.
Ihre Familien wissen von nichts , nur das
die Männer für einen Anwalt arbeiten .
Ab und zu sind die Männer auf einer
Dienstreise .

Ihr Auftrag ist gefährlich, sie können zu Tode kommen dabei, aber sie haben die Gewissheit das ihr Herr in seinem Himmelreich einen Platz für ihre Seelen bereit hält.

Die Männer erheben sich und alle wissen jetzt was sie machen müssen , wohin die Reise geht, das Buch hat es ihnen gesagt.

Der Himmel ist schwarz als sie das Gebäude verlassen, ein übelriechender Wind empfängt sie und fegt weiter durch die alten Gassen der Stadt.

Die Schritte der Männer hallen durch die Gassen, und vor der Ruine der abgebrannten uralten Kirche bleiben sie einen Moment stehen.

Ein lautes knirschen und kratzen dringt aus dem noch erhaltenen Altarraum.

Die Blicke der Männer bohren sich in die Dunkelheit und verweilen an dem Kreuz an der Wand , vorsichtig gehen sie näher.

Was ihre Augen dann sehen verweigert der Verstand zu begreifen.

Das noch erhaltene Kreuz hängt verkehrt herum an der Wand und pendelt dabei hin

und her. Der Anblick des gekreuzigten
Ziegenbocks und der widerliche
Gestank der von dem toten Tier ausgeht
lässt die Männer für einen Moment erstar-
ren.Sie bekreuzigen sich und beten laut
dazu. Dann spüren sie wieder die sanfte
Stimme , sie entspannen sich und verlassen rasch die Ruine.
 Ein höhnisches Gelächter verfolgt sie
noch eine Weile, und sie spüren dabei die
Anwesenheit des Satans.
Der Abschied ist kurz, und getrennt gehen
sie weiter. Sie ziehen in den Kampf, ihr
fester Glaube ist ihre Waffe.
Sie dürfen nicht versagen, sie müssen stets
Wachsam sein, denn der Satan lässt nichts
unversucht um sie zu verführen, zu töten,
um sie dann in die ewige Verdammnis zu
holen.
Regen prasselt vom Himmel und ein Ge-
witter begleitet die Männer auf ihrem
Weg, bis sich die Spuren der Männer in
der Dunkelheit verlieren.
Der Vermummte schaut auf Ihre verletzte
Hand und für einen Moment zögert er,

dann greift er in eine Falte seiner Kutte
und zieht ein kleines Stück Holz hervor.
Der Meister hat es ihm gegeben und dabei
gesagt das dieses uralte Stück Holz Kräfte
besitzt die nicht von dieser irdischen Welt
sind.

Die eingeritzten Zeichen auf dem Holz
glühen wie Kohlestücke im Ofen und behutsam hält er es kreisend über die verletzte Hand der Frau.
Das Glühen des Holzes wird stärker ,
strahlt aber keine Hitze ab. Die Frau
schaut irritiert dabei zu und als das Glühen
schwächer wird und dann ganz verschwindet ,bewegt sie ihre Hand vorsichtig hin
und her.

Nichts deutet mehr darauf hin das die
Hand eben noch schwer verletzt war.
Zufrieden grunzend steckt der Vermumm-
te das Holz in seine Kutte zurück.

„Danke „ kommt es leise aus dem Mund
der Frau. Aber gleichzeitig fängt sie wieder an zu weinen und fleht ihn an sie
frei zu lassen. Zitternd sinkt sie zu Boden
und sie fühlt sich verloren.

Gerade will der Vermummte die Tür hinter sich schließen als durch die einzige Öffnung oben an der Wand ein Lichtstrahl auf die Frau fällt.

Die Frau schaut mit verweinten Augen in das warme Licht und auch der Vermummte zögert .

Oben an der Öffnung bildet sich ein durchsichtiger Nebel und das Gesicht einer weinenden Frau wird sichtbar.

Ihre Augen sind unendlich traurig.

Voller Panik verlässt der Vermummte den Raum.

+

Einen Schokoriegel später setze ich mich wieder entspannt hinter das Lenkrad und fahre zum Krankenhaus.

Schnell ein paar Fotos schießen, Leute befragen und dann ab nach Hause. An der nächsten Tankstelle muss ich aber dann kurz halten,und bin froh eine freie und saubere Toilette zu erwischen.

Vor meinem Auto erwartet mich unser Lehrling. Sein Motorroller verliert Öl , hier lässt er ihn reparieren.

Da er schon Feierabend hat aber immer neugierig ist sind wir uns schnell einig, er kommt mit mir. Gemeinsam fahren wir ohne Hetze zum Krankenhaus.

Gedankenlos schaue ich auf die Felder die an uns vorbeirasen .

Wenn wir da sind kenne ich sein ganzes Leben, er erzählt und erzählt .

+

Der Mann wischt sich mit einem Taschen-
tuch den Schweiß von der Stirn und blin-
zelt dabei zum Himmel.
Es sieht nach Unwetter aus und wie zur
Bestätigung juckt seine Narbe am Fuß.
Er muss sich beeilen ,der Zaun muss heute
noch fertig werden.
Die nächsten Tage sind schon verplant.
Die Kühe müssen auf die Weide. Genervt
verscheucht er einige Fliegen und schaut
kurz zur Straße dabei.
Kopfschüttelnd beobachtet er ein Wettren-
nen von zwei Motorräder die mit heulen-
den Motoren an Ihm vorbei rasen.
 Wenigstens das dahinter fahrende Auto
fährt vernünftig, denkt er sich.
Die Motorräder werden immer kleiner und
er will gerade den Hammer aufheben als
er zusammen zuckt .
 Mitten auf der Straße steht plötzlich ein
großes Schneeräumfahrzeug. Während er
noch überlegt woher das Fahrzeug so
schnell gekommen ist prallt das Auto ungebremst gegen das Räumschild. Ein
Ohrenbetäubender Knall , vermischt sich

mit berstendem Metall. Das Auto ist nur noch halb so groß , und das auslaufende Benzin verteilt sich rasch.

Dann ein zischen und alles steht in Flammen. Mechanisch greift der Mann zum Handy und ruft die Feuerwehr.

Er rennt zum Auto und will helfen, aber das Feuer ist schon so stark am wüten, er kann nicht helfen.

Mit einem Knall fliegt die Fahrertür auf und ein brennender Arm wird heraus geschleudert, gefolgt von einem Kopf ,direkt vor seine Füße.

Er dreht sich um und läuft schreiend weg und dabei bemerkt er, das Schneeräumfahrzeug ist fort .

+

Der Vermummte wälzt sich unruhig auf seiner Liege hin und her. Er findet keinen Schlaf, und sein Herz rast schon eine Weile wie wild.

Der neue Schweiß wird gierig von der Kutte aufgesaugt und der schon ziemlich übelriechende Gestank in seiner Kammer wird noch verstärkt.

So schnell er konnte ist er vorhin durch die Gänge gerannt, auf verwesten Rattenteilen ausgerutscht und hatte bei nahe eine fette Spinne verschluckt als er sich in einem riesigen Spinnennetz verfing.

Aber wer war die Frau im Nebel an der Wand und was wollte sie ?. Er hat Angst, aber da ist noch ein anderes Gefühl in Ihm, es ist neu für Ihn.

Wie geht es jetzt der Frau um die er sich kümmern muss. Er nimmt sich vor ,nachher wenn er sich beruhigt hat noch ein mal zu ihr zu gehen.

Endlich fällt er in einen tiefen , kurzen , Schlaf . Sein Brustkorb hebt und senkt sich dabei unkontrolliert . Erholsamen Schlaf findet er dabei nicht.

Unendliche Traurigkeit , dieses Gefühl überkommt Sie immer wieder, und Sie weint bitterlich dabei.

Sie erinnert sich an die schönen und lustigen Tage mit Ihren Freunden, und an den hübschen Studenten , in dem kleinen Weinlokal.

Das Alles verliert sich langsam im Nebel der Vergangenheit . Wie lange wird es noch dauern bis das fröhliche Lachen und der Duft des Rasierwassers , des Studenten, verblasst.

Immer wieder durchlebt sie den Tag , diesen schrecklichen Tag. Sie war mit dem Fahrrad unterwegs auf der Landstraße.

Die Sonne hatte gerade den Horizont überschritten, und langsam kam die Dämmerung. Das Auto kam mit hoher Geschwindigkeit immer näher auf sie zu.

Dann für einen Augenblick von der Sonne geblendet ,bremste das Auto kurz , und fuhr dann ungebremst über die durchgezogene Mittellinie.

Ihr verzweifelter Schrei wurde von dem Quietschen der Räder verschluckt, und das hässliche Schmatzen als das Auto über Sie fuhr unterbrach für einen Moment die Natur. Eine grausige Stille legte sich auf das Geschehen , das Auto tuckerte für einige Sekunde im Leerlauf und raste dann mit Vollgas davon.

Zurück blieb eine viel zu früh , brutal aus dem jungen Leben , gerissene Frau.

Das Auto ist am Horizont verschwunden, sie starrt in die Richtung , ihr körperlicher Schmerz ist vergangen.

Ihr zerfetzter Körper liegt verteilt auf der Fahrbahn, und sie betrachtet ihn eine Zeitlang . Sie kann sich selbst sehen, sie schwebt , ohne Körper .

Sie weiß das sie Tod ist aber ihr Verstand arbeitet, sie kann denken. Was ist geschehen, warum ist sie nicht richtig Tod ?.

Warum ist sie nicht im Himmel ?. Warum kann sie nicht ins Licht gehen ?.

Liegt es an ihrem grausamen Tod ?.

+

Den eintreffenden Einsatzkräfte von Feuerwehr und Notarzt steht das Grauen im Gesicht geschrieben.

Ungläubig wird das Fahrzeugwrack untersucht und nach dem die zwei verkohlten Leichen , wie bei einem Puzzlespiel , endlich vollständig zusammen gelegt sind wird noch mal der Augenzeuge des Unfalles angehört.

Das mysteriöse Schneeräumfahrzeug ist wie vom Erdboden verschwunden und so richtig ernst nimmt der Polizist die Aussage des Zeugen nicht.

Die Alkoholfahne die den Zeugen umgibt bestätigt dem Polizisten die Unglaubwürdigkeit des Zeugen.

Doch niemand beachtet die Person die in einiger Entfernung unter einem Baum steht.

Auch bemerkt niemand das der Grasboden um den Baum langsam vertrocknet und die ersten toten Tiere durch die Hitze platzen . Ekeliger Geruch verbreitet sich rasch und Reste der geplatzten Tiere kleben an dem schwarzen Umhang der Person.

„ Das Auto ist ein Mietwagen, und gemietet hat ihn ein Peter Malz ,der Reporter von der Tageszeitung .
Zuletzt hat man Ihn an der Tankstelle gesehen, in Begleitung des Lehrlings der Tageszeitung . Beide sind zusammen mit dem Auto dann fortgefahren.
Also sind die verkohlten Überreste ,die wir eingesammelt haben , von Peter Malz und seinem Arbeitskollegen „
.Sepp Huber, der Dorfpolizist schaut seinen Kollegen für einen Augenblick mit großen Augen an. „ Der Peter ist Tod ?, oh mein Gott, der Peter . Schon wieder der Schneeräumer , da ist doch was faul „ . .
Sein Blick huscht unruhig über die Wiesen und ruht für einen Moment an einem Baum. Eine schwarzgekleidete Person war für einen Augenblick zu erkennen bevor Sie sich in Luft auf löst.
Kopfschüttelnd schaut der Dorfpolizist zu wie der Leichenwagen langsam den Unfallort verlässt. Die weißgekleidete Frau die weinend an der Straße steht bemerkt niemand.

Der Vermummte öffnet seine Augen und
starrt zur Decke hoch.

Sein Bruder hat ihm von diesem merkwürdigen Gefühl erzählt. Mal ist einem
schlecht , dann rast das Herz so wild als
wenn es den Brustkorb sprengen wollte.
Dann ist wieder dieses schöne Gefühl in
einem, wie nach einem guten Essen .

Aber was bedeutet es wirklich ?, sein Bruder hat es Ihm nicht verraten. Nur laut ge-
lacht hat er dabei. Etwas zieht ihn zu der
Frau hin , aber was ist es ?.

Aufgeregt springt er aus dem Bett und
muss zu der Frau .

Er hat Angst plötzlich, und ohne auf die
Spinnennetze zu achten rennt er durch die
feuchten Gänge.

Strauchelt dabei immer heftiger und fängt
sich doch im letzten Moment wieder.

Vor der Holztür kommt er zum stehen ,
sein Atem rasselt und ein schrilles Quietschen das in dem Moment ertönt als er die
Tür aufreißt raubt ihm fast den Rest seines
Verstandes. Blutspritzer treffen sein
verzerrtes Gesicht.

Die vier Männer haben ein Ziel , eigent-
lich sind es zwei Ziele.

Das erstes Ziel : den Ort lebend erreichen
wo der letzte Kampf zwischen Gut und
Böse ausgetragen wird.

Das zweite Ziel : den Satan für dreihundert Jahre zu verbannen. Unterwegs hören
sie in den Nachrichten das Pfarrer Blum in
seiner Kirche schwer verunglückt ist und
an den Folgen dieses Unfalles verstorben
ist. Die wahren Umstände seines Todes
sind Ihnen bis jetzt aber nicht bekannt.

Satans Endkampf beginnt grausam und
brutal, seine Dämonen fürchten auch seine
Rache . Satan vernichtet seine Diener
wenn sie versagen, denn diesmal steht viel
auf dem Spiel für Ihn.

Die Dämonen belauern und verfolgen die
vier Männer bei Tag und in der Nacht.
Sie suchen die Schwächen der Männer,
um sie dann gegen sie zu verwenden.
Jeder Mensch hat Schwächen sagt Ihr
Meister , und sein grausames Lachen bestätigt seine Worte nachhaltig. Sie dürfen
nicht versagen.

Angewidert schaut der Vermummte zu der Ratte die er beim Öffnen der Tür zerquetscht hat.

Die Innereien der Ratte klatschen auf den Boden und wirken einladend auf die Anderen Nager. Mit einem flinken Tritt unterbricht er den Festschmaus der Ratten und befördert alles im hohen Bogen in den kleinen Raum .

Ein dämliches Grinsen kriecht über sein Gesicht als er hinter her schaut. Den Aufprall an der Wand bekommt er nicht mehr mit , denn jetzt fällt Ihm wieder ein warum er hier ist : die Frau , wo ist die Frau ?.

Die Frau ist weg , der Raum ist leer.

Irritiert schaut der Vermummte umher als ein heftiger Schlag ihn am Hinterkopf trifft und er in den Raum geschleudert wird und der Länge nach hin fällt.

Bevor er das Bewusstsein verliert hört er noch ein krächzendes Lachen. Er kennt das Lachen, es ist , doch der Gedanke fällt mit Ihm in die Bewusstlosigkeit, ein schwarzes Loch saugt ihn auf .Die Tür wird von außen verriegelt.

Ihre Füße schmerzen vom langen stehen, und nur noch ein Gedanke treibt Sie vor ran , das Sofa.
Auf dem Sofa entspannen. Kochen, bügeln, der ganze Haushaltskram ,das lag ihr noch nie. Aber jetzt wo Pfarrer Blum Tod ist , und sie gerade von der Beerdigung kommt, kann sie sich erst mal ausruhen.
Das der Herr Pfarrer so viele Freunde und Bekannte hatte ist Ihr nie aufgefallen. Na ja , komisch war er in letzter Zeit schon. Abends überprüfte er mehrmals ob auch alles zugesperrt war.
Die Außenbeleuchtung lies er reparieren, und am Tage schaute er zigmal in den Briefkasten. „ Alte Gewohnheiten kann man nicht wie ein Hemd abstreifen „ erwiderte er immer auf Ihren fragenden Blick.
Ein kleiner Seufzer der Erleichterung kommt über Ihre Lippen als sie das Gartentor hinter sich schließt und den Schlüssel zweimal im Schloss dreht. Ein leichter Schwindel überkommt sie und rasch setzt sie sich auf die Gartenbank. Mit geschlossenen Augen und das Gesicht zur Sonne

gestreckt verweilt sie so eine Zeitlang. Völlig entspannt döst sie vor sich hin bis sich die Sonne verdunkelt und sie die Augen langsam öffnet und die störende Wolke mit einem nicht gerade christlichem Schwall von Schimpfwörter beleidigen will , als sie mit einem schrillen Schrei in die Höhe fährt.

Gleichzeitig greift sie den Spaten der an der Wand steht und ist hellwach. Vor Ihr steht ein älterer Mann , mit einem schwarzen Anzug bekleidet.

„ Oh, ich wollte sie nicht erschrecken, das Gartentor stand offen, sie sind die Haushälterin des verstorbenen Hausherren , ich meine des Herrn Pfarrer Blum „ .

Mit einer kurzen Bewegung seines Kopfes deutet er auf die offene Gartentür. „ Mein Name ist Herr Schwarz , mich schickt der Herr , ähem der Bischof, schickt mich,,.

Seltsam wie er das Wort Bischof ausspricht, als wenn er dabei Zahnschmerzen hätte. Bevor sie etwas erwidern kann redet er schon weiter. „ Ich soll etwas abholen, leider kam der Verstorbene nicht mehr

dazu es zu verschicken . Zwei meiner
Mitarbeiter werden sich jetzt der Sache
annehmen .

Es wäre nett wenn sie die Wohnung öffnen könnten „ . Er ruft einen Namen zum
Gartentor und sofort erscheinen zwei
Männer. Ihre Kleidung sieht ziemlich mitgenommen aus und ihre Gesichter sind unter den Schirmmützen versteckt.

Mürrisch nickend geht sie vor ran und befolgt die Bitte des Fremden, und als sie
sich umdreht um noch etwas zu fragen ist
Herr Schwarz wie vom Erdboden verschluckt. Gleichgültig zuckt sie mit den
Schultern und legt sich dann auf das breite
Sofa und fällt in einen traumlosen Schlaf.-
Sie hört nicht das Schimpfen und Fluchen
der Männer als diese die ganze Wohnung
auf den Kopf stellen.

Nur die eisige Kälte im Zimmer nimmt sie
war, aber dagegen gibt es ja die dicke
Wolldecke die sie sich bis unter die Nase
zieht.Sie öffnet die Augen als ihr Hunger
sich meldet. Sie will ihre Armbanduhr
vom Tisch nehmen , doch die ist weg.

Nummer Eins der Auserwählten :

Er hat den kleinen Bahnhof erreicht , und
das quietschen der Rangierlok hallt über
das Gelände.
Einige Stunden muss er jetzt mit dem Zug
fahren . Er vermeidet Zugreisen, ihm wird
schlecht dabei. Auch als Kind mochte er
keine Eisenbahn.
Er fühlt sich unwohl hier auf dem Bahn-
steig und seine Hände schwitzen stark. Etwas stubbt an sein rechtes Bein und er er-
schreckt sich . Vor Ihm sitzt ein kleiner
schwarzer Hund , mit einem gelben Ball
im Maul und schaut ihn auffordernd an.
Erleichtert lächelt er dem Hund zu und
will ihn streicheln. In der Ferne hört man
die Geräusche eines Schnellzuges der
durch den Bahnhof fahren wird ohne zu
halten. Aus dem Augenwinkel her raus
sieht er eine Person neben sich und im
gleichen Moment wirft ihn eine unheimli-
che Kraft Kopfüber auf die Schienen .
Sein Schrei geht in dem sinnlosen Brems-
versuch des Lockführers unter.

Der widerliche Gestank breitet sich rasch in dem Gewölbe aus. Selbst die eben noch flink durcheinander laufenden Ratten haben sich verkrochen.

Die Kreatur , der Meister, ist anwesend und er ist zornig. Mit tiefer Stimme redet er auf eine kleine Gestalt ein.

„ Du bist der Bruder dieses Nichtsnutz , er wollte mich hintergehen. Wie kann so ein Wurm es wagen sich zu verlieben.

Ich weiß das du anders als dein Bruder bist , oder ?„ . Im selben Moment wird die kleine Gestalt in die Luft gehoben und auf den Kopf gedreht.

Ein heulender Schrei dringt aus dem Mund und die Arme rudern wie eine Windmühle dabei. „Ja , Ja, Meister ich bin dein treuer Diener, mein Bruder ist ein Versager „ . Bevor ein erneuter Schrei aus seinem Munde dringt liegt er auch schon auf dem nassen Steinboden. Tränen rollen Ihm über die Wangen und seine vor Jahren gebrochene Beine , die schlecht wieder zusammen gewachsen sind schmerzen ihm.

Er ist wieder alleine , er hat Angst.

Die Freunde von der Feuerwehr hatten
Ihm von dem schrecklichen Unfall erzählt.
Peter Malz und ein anderer Mann sollen
Tod sein.
Franz hat sein Zimmer neben der Woh-
nung von Peter Malz ab und zu haben die
beiden zusammen Fußball geschaut.
Peter Malz hat so einen modernen großen
Fernseher , und während er weiter in Erin-
nerungen kramt, hört er Geräusche aus der
anderen Wohnung.
Er hält den Atem an und lauscht, jetzt hört
er eindeutig Schritte in der anderen Wohnung, jemand ist drüben.
Seine Eltern sind nicht zu hause , und
während er überlegt geht er langsam zur
Tür. Mit einem Tennisschläger bewaffnet
öffnet er leise seine Tür , huscht über den
Flur und verweilt lautlos vor der Zimmer-
tür von Peter Malz.
Einmal tief durchatmen und dann greift er
zum Türgriff und die Tür öffnet sich nach
innen. Mit schlag bereiten Schläger stürmt
er dann voran in die Wohnung. Eine Gestalt taucht vor ihm auf und er schlägt zu.

Nummer Zwei der Auserwählten :

Der große Freizeitpark ist überfüllt mit Familien die das schöne Wetter genießen wollen. Er mischt sich unter Sie und lässt sich treiben.
Der Geruch nach Zuckerwatte und gebrannten Mandeln ist überall in der Luft, es erinnert Ihn an seine Jugend.
Damals war alles so unbeschwert, so oberflächlich, er war halt jung.
Die Menge bleibt ruckartig stehen und die Kinder zeigen in die Luft. Bunte Ballons steigen , begleitet von Kinderlachen , langsam zum Himmel .
Einige Kinder laufen voraus, zu der Stelle wo die Ballons starten , zu einer Clown Statue. Schweiß tritt auf seine Stirn, er hat, Coulrophobie , Angst vor Clowns. Seine Beine sind wie gelähmt und das lachen des Clowns wird immer lauter und die Augen fangen an sich zu drehen. Ein Windstoß fegt über den Platz und er bemerkt nicht das Halteseile reißen . Sein Körper wird vom umfallenden Clown zerquetscht.

Auszüge aus dem Tagebuch :

...der Sturm wütete die ganze Nacht, und ein Teil der Schiffsladung ist über Bord gegangen .

Im Morgengrauen bricht mit lautem Getöse der Großmast, und bevor er ins Wasser stürzt nimmt er den Steuermann mit in die Tiefe.

Gott sei seiner armen Seele gnädig, obwohl Hurerei und Völlerei dem Herrn ein Gräuel sind.

Die See verschluckt beides für immer, und die Besatzung läuft ziellos umher.

Der Kapitän schläft irgendwo Unterdeck seinen Rausch aus , Krüge weise Rum hat er in den letzten Stunden in sich geschüttet Der Klabautermann persönlich würde ihn jetzt nicht wach bekommen.

Die Seemänner wollen versuchen das Schiff auf eine Sandbank zu setzen.

Einfach nur die eigene Haut retten, alles Andere ist ihnen egal. Ich werde beobachtet, sie sind in der Nähe, sie wollen mich töten. Sie wollen die kleine Kiste.

Lautes Geschrei reißt mich aus meinen Gedanken. Die Seeleute starren zum Himmel, dunkle schwarze Wolken ziehen auf und Blitze schießen vom Himmel.
Täusche ich mich ,oder ?, nein die Wolken nehmen Gestalt an. Grässliche Gestalten schaukeln am Himmel.
Die Hölle muss sie ausgespuckt haben. Schlangen winden sich um die Kreaturen die jetzt mit höllischem Lärm das Schiff erreichen. Noch im fallen greifen sie sich die Seeleute und reißen ihnen die Köpfe ab. Einige Männer springen ins Wasser , aber keiner entkommt der Brut des Teufels.
Überall spritzt Blut umher , und auf dem Deck bilden sich Pfützen mit Blut. Der Schiffszimmermann schwangt an mir vorbei ,ich will ihn ansprechen, doch aus seinem Hals spritzt Blut. Sein Kopf fehlt.
Ich renne in meine Kammer und stecke die kleine Kiste in eine Ledertasche, die ich mir umhänge. Auf dem Gang entsteht gepolter und Geschrei. Sie suchen mich, die Kreaturen wollen die kleine Kiste.

Der Tennisschläger streift die Person nur am Rücken, und mit einem wilden Aufschrei ergreift diese den Tennisschläger. Beide Personen fallen zu Boden und ein lautstarkes Gerangel beginnt.
Franz versucht die Hände frei zu bekommen als eine Faust seine Nase erwischt. Laut fluchend über den Treffer des Unbekannten haut er jetzt mit Armen und Beinen um sich.
Auch der Unbekannte währt sich verzweifelt aber ein Geräusch an der Tür lässt Beide für einen Moment den Kampf vergessen. In der Tür steht der Vater von Franz, bewaffnet mit einer Schrotflinte. Licht fällt auf die beiden Kämpfer und gleichzeitig erstarren alle drei Personen für einen Moment bevor alle der Reihe nach anfangen zu lachen.
Der Tennisschläger liegt jetzt achtlos am Boden und die Beiden die sich eben noch geprügelt haben fallen sich freundschaftlich in die Arme. Die Schrotflinte ist schon längst an die Wand gestellt, und Peter Malz fängt an zu erzählen.

Er erzählt von der Begegnung mit seinem
Kollegen an der Tankstelle, und das beide
dann zum Krankenhaus wollten.
Das endlose reden meines Kollegen wurde
abrupt unterbrochen als am Straßenrand
eine winkende Person auftauchte.
Während das Auto langsam anfing zu
bremsen und mein Kollege neugierig auf
die junge Frau blickte die lachend uns entgegen kam hatte ich einen rettenden Gedanken.
Ich hatte plötzlich ganz schwere Kopf-
schmerzen , und war wohl jetzt auch ent-
behrlich für meinen Kollegen geworden.
Bevor das Auto hielt hatte ich ihn darüber
informiert , das ich mir ein Taxi besorge,
und er allein zum Krankenhaus fährt.
Einen Artikel über tote Vögel wird er
schon hin bekommen.
Geistesabwesend nickte er mir zu und
schon wurde meine Tür von außen aufgerissen. Ob wir sie mit nehmen könnten , in
die Stadt ?, fragte das junge Mädchen lä-
chelnd. Was für ein Glück dachte ich und
winkte hinter dem abfahrenden Auto her.

Das mein Kollege und seine Zufallsbe-
kanntschaft Tot sind ist für mich schrecklich . Jetzt wünschte ich seinen endlosen
Reden zuhören zu wollen.
Das ein angebliches Schneeräumfahrzeug
mit in dem Unfall verwickelt war ist mehr
als nur ein Zufall für mich , das steht fest.
Mit einem Taxi bin ich dann nach hause
gefahren , und die Nachricht von meinem
angeblichen Tot hat mich schwer mit genommen. Nach einem Anruf bei meinem
Chef war ich mir ganz sicher das ich nicht
tot bin. Die Aussage meines Chefs das ich
von ihm natürlich keine finanzielle Unterstützung erwarten könnte, er spielt auf das
zerstörte Auto an, wenn man Sachen mut-
willig zerstört. Das mit dem Schneeräumfahrzeug hält er natürlich für einen großen
Unsinn. Von einem Polizisten hatte er ja
auch noch erfahren das der Zeuge wohl
eine Alkoholfahne hatte. Das ich morgen
wieder meine Arbeit aufnehme sei wohl
selbstverständlich meinte mein Chef noch
zum Schluss unseres Telefonats . Ich sei ja
wohl gesund und kein Drückeberger !.

Auszüge aus dem Tagebuch :

...die kleine Kiste hat kein sichtbares von außen zu erkennendes Schloss , oder einen Riegel. Wenn man sie aber direkt an die Nase hält dann ist es als würde sie einen Duft von Rosenöl verbreiten.

Das Geschrei und das wehklagen der Matrosen hinter mir in den Kammern wird immer schrecklicher.

Herr ,was für eine Höllenbrut ist hier an Bord gekommen.

Rasch bekreuzige ich mich und mit einem Knall fliegt die Tür zu meiner Kammer auf. Verwesungsgeruch schlägt mir entgegen und raubt mir für einen Moment den Atem. Eine Kreatur aus der Hölle schiebt die Reste der Tür zur Seite und hebt einen Arm in meine Richtung.

Schlangen fallen dabei zu Boden und kriechen in alle Richtungen davon. Herr hilf schreie ich verzweifelt und presse mich verzweifelt in eine Nische. Ein meckerndes Gelächter breitet sich in meiner Kammer aus und die Kreatur kommt näher.

Eine zweite Kreatur schiebt sich in meine Kammer . Herr , gleich ist es um mich geschehen.

Das man mir nach dem Leben trachten wird das war mir bekannt, aber das die Hölle ihre widerlichsten Diener ausspeit damit habe ich nicht gerechnet. Mein Auftrag besteht darin die kleine Kiste nach Rom zu bringen. In einem Haus sollte ich dann eine Kontakt Person treffen und dort die Kiste übergeben. Natürlich dürfte ich das Haus erst betreten nachdem wir unsere geheimen Signale ausgetauscht haben. Ich habe mir alles genau eingeprägt. Es gibt keine schriftlichen Aufzeichnungen davon.

Einzelne Schlangen erreichen mich und ich springe auf einen Schemel der aber unter meinem Sprung zerbricht. Schreiend lande ich zwischen den Schlangen , die wohl überrascht sind das ich freiwillig zu ihnen komme. Die Kreatur beugt sich zu mir , ihr Arm greift nach mir und wird im selben Moment von einer Säbel klinge vom Rumpf getrennt.

Nummer Drei der Auserwählten :

Bevor er die Straße überquert schaut er
rasch nach links und ein lächeln erscheint
auf seinem sonst so ernst blickendem
Gesicht.
Am Straßenrand parkt ein Eiswagen und
der Verkäufer im Wagen ist wohl gut ge-
launt. Lachend reicht er die Eisbecher mit
den bunten Kugeln zu seinen Kunden.
Die Kinder applaudieren jedes mal wenn
ein Kind einen Eisbecher bekommt.
Er liebt Eis , besonders Zitrone, früher
nach der Messe gönnte er sich immer eine
große Portion.
Aufgeregt stellt er sich in die Reihe der
wartenden und seine Augen leuchten wie
früher als er endlich sein Eis bekommt.
Mit geschlossenen Augen lässt er den zar-
ten Schmelz auf der Zunge zergehen .
Den neutralen Geschmack des Maschinen-
reiniger der in den Zitroneneisbehälter
gelaufen ist bemerkt er nicht.
Röchelnd stirbt er und ein Blutschwall
erbricht sich dabei aus seinem Mund.

Auszüge aus dem Tagebuch :

mit schrillem Gejaule starrt die Kreatur
auf ihren abgetrennten Arm. Hinter ihr ist
wie aus dem Nichts plötzlich der Kapitän
aufgetaucht, der jetzt gerade der zweiten
Kreatur im Raum den Kopf spaltet.
Wie von Sinnen haut er abwechselnd dann
auf beide Kreaturen ein und keuchend be-
endeter er das Gemetzel erst als beide
Kreaturen zerhackt am Boden liegen.
Von seinem Säbel tropft eine klebrige ,
durchsichtige ,Flüssigkeit. Gierig trinkt er
dabei einen großen Schluck Rum aus seiner Flasche.
Erschrocken schaue ich ihm dabei zu und
bemerke erst jetzt das es auf dem Schiff
totenstille ist.
Kein Geschrei der Mannschaft , und kein
Kreischen der Kreaturen.
Erst als die leere Rum Flasche durch den
Raum fliegt und krachend an der Wand
zertrümmert schaue ich zum Kapitän hin.
,, Sie müssen rasch von hier verschwinden
die wollen die Kiste, und ihren Kopf dazu,

gleich werden sie kommen „ . Fauchend erscheint eine Kreatur in der Tür .

Mit wutverzerrtem Gesichtsausdruck und einem langgezogenen Schrei stürzt er sich auf die Kreatur. Sein Säbel saust durch die Luft und trifft sein Ziel .

Mein Blick irrt durch die Kammer , ich muss hier heraus.

Das immer lauter werdende gepolter und Geschrei lässt mich zusammen zucken .

Der Kapitän ist umringt von der Teufelsbrut , er haut und sticht um sich , aber es drücken sich immer mehr von diesen widerlichen Geschöpfen in die Kammer.

Ein verlorener Kampf , Herr hilf uns , es ist gleich vorbei mit uns.

Wie versteinert stehe ich da , worauf warte ich ?. Für einen Moment scheint die Zeit stehengeblieben zu seien , doch dann erschüttert ein knirschen und knarren das Schiff.

Die Bordwand reißt mit einem hässlichen Gejaule der Länge nach auf und Sand rieselt herein. Das Schiff ist auf eine Sandbank gestrandet, und die Öffnung ist groß genug um durch zu schlüpfen. Ohne mich noch mal um zu drehen springe ich hinaus . Danke Herr für die Rettung.

Hinter mir ist es mit einem Mal still , totenstille. Der Kapitän ist Tod, er hat sich geopfert . Er wusste wohl um die Wichtigkeit der Kiste.

(Es folgen jetzt einige unleserliche Seiten und Sätze, der Zahn der Zeit hat hier stark gewirkt. Das feuchte Gemäuer saugt die uralte Schrift langsam auf.)

Ich habe meinen Auftrag erfüllt, und die Kiste wie vereinbart in Rom abgegeben. Jetzt schließe ich mein Tagebuch und versuche das schreckliche Geschehen zu vergessen. Obwohl ich nicht den Inhalt der Kiste kenne so weiß ich aber das eine ganze Schiffsbesatzung wegen ihr, durch Kreaturen der Hölle, grausam ermordet wurden.

Eine Detail getreue Zeichnung der Kiste beendet das Tagebuch.

+

Pfarrer Blum hält das Tagebuch fest an sich gepresst, er hat es in den letzten Tagen bestimmt dutzende male gelesen.
Arbeiter haben es bei Ausbesserungen im Keller der Kirche gefunden.
Die Buchstaben des Tagebuches haben sich in seinem Gehirn unauslöschlich festgesetzt und er spürt eine unbekannte Kraft die ihn antreibt. Er weiß jetzt genau was er machen muss. Die Hölle hat sich geöffnet und der Kampf beginnt. Von seinem Vorgänger im Amt weiß er von diesem Buch , das als verschollen galt. Immer wenn sein Vorgänger , Gott hab ihn selig, davon sprach hat er ihn ausgelacht. Wie kann ein aufgeklärter Priester von heute an Dämonen glauben ?, mit dem Aberglaube hat man im Mittelalter die Menschen bewusst eingeschüchtert.
Nach dem er aber jetzt das Buch gelesen hat schämt er sich für sein Verhalten und bittet Gott um Verzeihung. Er schickt das Buch nach Rom , die Adresse hat er von seinem Vorgänger. Mit seinem Tod am nächsten Tag beginnt die Schlacht.

Nachdem sie die Wohnung des toten Priesters erfolglos durchsucht hatten sitzen die Beiden im Auto von Herrn Schwarz.

„ Wir haben unser Bestes getan, das Tagebuch ist nicht mehr dort „ redet einer der Männer mehr zu sich als zu Herrn Schwarz . Der andere Mann nickt heftig mit seinem Kopf dazu und wischt sich dabei den Schweiß von der Stirn.
Beide Männer schauen sich kurz an und erschrecken sich als sie die Stimme von Herrn Schwarz hören.

„Euer Bestes habt ihr also getan „ ? erwartungsvoll schaut Herr Schwarz dabei die Männer an. Erst irritiert doch dann erleichtert nicken beide mit dem Kopf.

„ Ja das stimmt , Herr Schwarz,, sprudelt es aus ihnen her raus. „ Wie versprochen gehört das Auto nun Euch „ erwidert Herr Schwarz und verlässt das Auto. Sofort setzt sich einer hinter das Lenkrad und startet den Motor. Das die Abgase des Motors in den Innenraum strömen merken sie nicht, der Tod ist schleichend. Herr Schwarz braucht keine Zeugen.

Der vermummte reibt sich über den Kopf und heult dabei. Er hat die Stimme seines Bruders erkannt, sein Bruder hat ihn geschlagen , ihn hier eingesperrt.
Die Frau ist fort , was hat er mit ihr gemacht ?. Zornig tritt er nach einer Ratte die sein Blut vom Boden leckt. Er muss die Frau finden, da ist wieder dieses Gefühl in ihm und seine Unruhe nimmt zu.
 Wütend rennt er gegen die Tür , und schreiend fällt er zurück . So kommt er hier nicht raus. Resigniert hockt er sich wieder auf den Boden und schließt die Augen. Ein helles Licht erfüllt den Raum und der Vermummte sieht wieder das weinende Gesicht der Frau im durchsichtigen Nebel. Ein einzelner Lichtstrahl zeigt auf die Mauer neben der Tür. Jetzt fällt ihm ein das er dort vor Jahren einige Steine ausgebessert hatte. Hastig haut und tritt er gegen die Steine und der Mörtel fällt her raus. Die Steine lockern sich und fallen nach draußen in den Gang. „ Hilf Ihr„ die Stimme kommt aus der Kammer die er kriechend , heulend verlässt.

Immer wieder steht sie an der Straße, hier ist sie grausam aus dem Leben gerissen worden. Autos rasen viel zu schnell an ihr vorbei. Vereinzelt sieht sie die Gesichter hinter den Scheiben der Autos gelangweilt oder gleichgültig zugleich.

Einen flüchtigen Augenblick bleiben die Blicke der Insassen an dem kleinem Kreuz am Straßenrand ,mit der Kerze davor hängen. Selten hält ein Auto hier um ein kleines Gebet für die hier zu Tode gekommene Frau zu sprechen. An ihrem Todestag kommen Freunde hierher . Aber es kommen jedes mal weniger. Sie kennt die viel zu schnell daher gesagten Gründe der Freunde von damals. Der Alltagsstress, die Arbeit, die Familie, der nächste Urlaub muss geplant werden, und dann ist schon wieder die Weihnachtszeit !.

„ Sei nicht traurig du bist nicht alleine , wir sind bei Dir , wir haben Dich erwählt um mit Dir zusammen gegen den Satan zu kämpfen „ . Die Stimme ist um Sie, ist überall und sie spürt das Ihre Trauer und Verzweiflung verschwunden ist.

„ Es ist die Zeit gekommen in der Satan versucht die Herrschaft über die Menschen zu bekommen. Satan versucht diesmal mit all seiner Grausamkeit sein Ziel zu erreichen. Du bist der Einsatz , du bist die gute Seele, dich will Satan .

Wenn der Zeitpunkt gekommen ist will dich Satan auf seine Seite ziehen. Wir müssen es verhindern , nur können wir nicht in die Zukunft schauen. Satan und seine Brut belauert uns immer , denn auch er kennt die Zukunft nicht „ .

Die weiße Frau hat der unsichtbaren Stimme gelauscht und ist dabei unwissentlich auf die Fahrbahn geschwebt.

Das schrille und warnende Hupen des herannahenden Tanklastwagens mit seinem aufgeregt mit den Armen fuchtelndem Fahrer bemerkt sie zu spät . Die Fahrertür wird aufgerissen und für einen Moment sieht sie in das Gesicht des Fahrers , er starrt sie panisch an und springt im hohen Bogen in die Büsche neben dem Kreuz. Der Tanklastwagen steuert führerlos und ungebremst von der Straße abkommend in

eine Baumgruppe. Riesige Stichflammen begleitet von einem ohrenbetäubendem Knall sind zeitgleich zu hören und zu sehen. Autofahrer steigen aus ihren Autos und laufen aufgeregt hin und her.
Kinder schreien als eine erneute Detonation Teile der Fahrerkabine durch die Luft wirbeln lässt und mit pfeifendem Geräusch in die umstehenden Menschen schlägt .
Die Metallsplitter treffen die Menschen und zerreißen die Körper. Panik bricht aus , Menschen mit abgerissenen Glieder liegen schreiend auf der Fahrbahn . Aus den hässlichen Wunden spritzt das Blut unaufhaltsam. Die unverletzt gebliebenen Menschen sind wie gelähmt und geschockt von dem sich hier abspielendem Grauen.
Einige fallen sich in die Arme und weinen hysterisch dabei .
,, brumm , brumm ,, das kleine Mädchen schaut auf die Straße und zeigt auf etwas das sich von weitem ziemlich schnell nähert. Die Menschen stehen wie in Trance da ,, Ein Abschleppwagen ,, rufen einige

erleichtert , die Anderen schimpfen darüber das kein Rettungswagen kommt.
Dann ist das Fahrzeug nahe genug um es zu erkennen . Ein Schneeräumfahrzeug fährt mit gleichbleibender Geschwindigkeit auf die Menschen zu.
Einige fangen an zu schimpfen und fragen sich aufgeregt ob der Fahrer denn nicht sieht was hier los ist. Andere winken aufgeregt und sind erleichtert als die Geschwindigkeit des Fahrzeuges gedrosselt wird.
Ein Knall lässt die Menschen erschrocken zu dem brennendem Wrack schauen und wie unter Hypnose gehen sie jetzt alle langsam und neugierig immer näher her ran. Keiner bemerkt die Person die in einiger Entfernung unter einem Baum steht und einen widerlichen , ekeligen Geruch verströmt.
Die Person starrt zu den Menschen die sich jetzt alle auf der Straße vor dem brennendem Wrack versammelt haben. Nur das kleine Mädchen schaut sich neugierig um. ,, Brumm , brumm ,, ruft sie laut. Die

Menschen drehen sich zu Ihr aber kein
Laut kommt über ihre Lippen. Das große
Räumschild erfasst alle , keiner entkommt.
Abgerissene Körperteile fliegen umher .
Der Fahrer des verbrannten Tanklastwa-
gens wurde in eine Psychiatrie gebracht.
Keiner Glaubte seiner Erzählung.
Keiner ? Peter Malz hat von dem schreck-
lichen Unfall mit dem Tanklastwagen ge-
hört.
Der Fahrer soll eine weiße Frau überfah-
ren haben . Sie stand plötzlich auf der
Fahrbahn , und dann ist er durch sie gefah-
ren. „ Ein Geist war es „ dabei bleibt der
Fahrer . „ Die Menschen waren zu Nahe
am brennendem Wrack , und eine erneute
Explosion hat sie alle in Stücke gerissen.
Nein , auch von einem Schneeräumfahrzeug das hier angeblich vorbei fuhr ist uns
nichts bekannt „ so der Kommentar der
Polizei .
Eine Frau in Weiß , und ein Schneeräumfahrzeug , Peter Malz versucht eine Erklärung dafür zu finden . Welche Rolle spielt
die Frau in Weiß denn wirklich ?. Ich

muss sie finden , und Ihr dann richtig zuhören.

Ein guter Plan , nur wie stelle ich es an ? .
Im Fernsehen laufen gerade Nachrichten .
Zwei Tote Männer sind in einem Auto ge-
funden worden ,wohl Selbstmord , mit
Diebesgut. Haushälterin des toten Pfarrer
Blum erkennt ihre gestohlene Uhr dabei .
„ Die Haushälterin , genau „ .

Eva Rot hatte mit Pfarrer Blum telefoniert,
jetzt ist sie verschwunden und der Pfarrer
Tod !. Nachdenklich betritt Peter Malz das
Grundstück des toten Pfarrers und klopft
an der Eingangstür. Nichts , kein Geräusch
kommt aus dem Haus.

Dann versuche ich es später noch mal sagt
er in Gedanken und dreht sich um und will
das Grundstück verlassen. „ Was machen
Sie hier , wer sind Sie , kommen Sie auch
von dem Herrn Schwarz ? , ich rufe die
Polizei ! „gleichzeitig hebt Sie bedrohlich
eine riesige Schaufel und kommt näher.
„ Bitte entschuldigen Sie , ich kenne keinen Herrn Schwarz , sie brauchen keine
Polizei rufen „ .

„ Also ich höre „ zischt die Frau leise und
gedehnt langsam .

„ Ich heiße Peter Malz , sind sie die Haushälterin des verstorbenen Pfarrer Blum ?„

„Und wenn es so wäre „ ihre Augen funkeln dabei gereizt.

„Meine Kollegin , Frau Rot , ich meine
die Frau Eva Rot hat mit dem Pfarrer telefoniert , worum ging es dabei „ ?. Im
selben Augenblick wusste ich das jetzt
etwas fürchterliches passieren könnte
wenn Sie mir nicht Glauben würde.

Mit einem Schritt steht Sie direkt vor mir
und wirbelt die riesige Schaufel durch die
Luft , wie ein Schwert .

Hinter mir ist die verschlossene Tür und
vor mir eine wohl zu allem entschlossene
Haushälterin . Im selben Moment gibt die
Tür hinter mir nach und öffnet sich mit einem Ruck. Meine Hände greifen ins Leere
und finden keinen Halt. Ungebremst falle
ich auf meinen Rücken und der Schmerz
der schlagartig durch meinen gesamten
Körper rast nimmt mich mit in die Dunkelheit. Ich spüre wärme und Kälte im

Wechsel durch meinen Körper jagen .
Da sind Stimmen , sanfte Worte , die ich
aber nicht erkennen kann , mein Kopf ist
noch nicht zu gebrauchen .
Erneut falle ich in ein dunkles Loch aber
die Stimmen begleiten mich . Ein Brech-
reiz holt mich ins Leben zurück und vor
mir taucht wie durch Zauberei ein Eimer
auf . ,, Na endlich er ist wieder bei uns ,,
höre ich eine Stimme sagen .
Dankend hallte ich den Eimer und schaue
dabei in ein grinsendes Gesicht . Vor mir
steht Theo Lamm , mein Chef und die
Haushälterin , ohne Schaufel. ,, Warum
haben denn Sie nicht gleich gesagt das Sie
von der Zeitung sind ,, ihre Stimme ist wie
ausgewechselt dabei .
,, Kommen sie junger Mann ein starker
Kaffee wirkt jetzt Wunder ,, ihre Stimme
duldet jetzt keine Widerrede . Theo Lamm
hilft mir beim aufstehen und gemeinsam
setzen wir uns an den runden Tisch. Leo
Lamm wechselt einen intensiven Blick mit
der Haushälterin und schenkt uns Kaffee
ein. ,, Ach so , Herr Malz nicht das sie hier

etwas missverstehen , ich bin Ihr Bruder „
und dabei nickt er zu der Haushälterin .

„ Pfarrer Blum war mein Freund , ich , wir
vermissen Ihn sehr „ .

„ Wer ist Herr Schwarz ?„ frage ich nach
einer kurzen Pause und strecken meinen
Oberkörper dabei hin und her .

Erst erzählt die Haushälterin , dann erzähle ich mein erlebtes , wobei ich die Begeg-
nungen mit der Frau in Weiß nur kurz er-
wähne . Mein Chef springt aufgeregt von
seinem Stuhl als ich mit meinem Bericht
fertig bin.

„ So so , der Herr Malz fährt also mit
Geister in der Gegend herum .

Ich bezahle sie nicht dafür das Sie mir
so einen Quatsch erzählen „ , genervt
läuft er dabei im Zimmer umher. „ Sie sagen eine Frau in Weiß hat mit ihnen Kontakt aufgenommen , eine tote Frau sagen
Sie „ ? , die Stimme der Haushälterin ist
dabei merkwürdig ruhig. „ Ja das stimmt
ich bilde mir das nicht ein . Auch das
überall bei den Unfällen ein Schneeräumfahrzeug auftaucht und eben so schnell

wieder verschwindet finde ich mehr als
nur ein Zufall „ . Die Haushälterin nickt
mir zustimmend zu und schaut dann zu Ihrem Bruder .
„ Du glaubst doch wohl nicht an dieses
Geistermärchen „ ?. Mein Chef schaut
verzweifelt seine Schwester dabei an und
wir drei schweigen einen Moment .
„ Daran habe ich ja gar nicht mehr gedacht „ ruft die Haushälterin aufgeregt ,
ich habe noch einen Brief an den Herrn
Pfarrer in meiner Kittel Tasche „ .
„ Aus Rom , das ist bestimmt die Post auf
die der Herr Pfarrer , Gott hab Ihn selig ,
gewartet hat „ . Wie selbstverständlich
öffnet Sie den Brief und schaut verdutzt
auf das Schreiben . Sie dreht den Brief um
, dreht ihn und schüttelt dann Ihren Kopf .
„ Nichts steht drin , beide Seiten sind leer,
nur hier unten ist ein Stempel „ .
Sie reicht mir den Brief und ich betrachte
das Papier und den Stempel . Auf dem
Briefumschlag steht eine Adresse in Itali-
en und der Stempel auf dem leeren Brief
hat ein Motiv , ein Kreuz und ein Vogel .

Achselzuckend lege ich den Brief auf den Tisch. Die Haushälterin macht ein ratloses Gesicht ,scheint aber am Grübeln zu sein .

„ Also noch etwas Geheimnisvolles Herr Malz , passt ja gerade ausgezeichnet zu Ihrem Humbug „ lachend setzt mein Chef sich wieder .

Einen strafenden Blick seiner Schwester ignoriert er einfach. „ Frau Rot hatte einen Termin mit dem Herrn Pfarrer aus gemacht , sie wollte vorbeikommen .

Sie kam aber nicht und hat sich auch nicht mehr gemeldet , und jetzt ist sie verschwunden , auf geheimer Mission ? , ich glaube du solltest die Polizei verständigen.

+

Nummer Vier der Auserwählten :

Er fühlt das er beobachtet wird , natürlich
wird er beobachtet seit dem verlassen des
Hauses in Rom.
Vor ihm liegt die Anlegestelle und der
nostalgische Radampfer spiegelt sich auf
dem blauen Wasser wieder. Er liebt Schif-
fe , schon als kleiner Junge wollte er zur
See fahren . Er steht am Heck als der
Dampfer ablegt und bemerkt die junge
Frau die lachend einen Kinderwagen
schaukelt . Ein schwarzgekleideter Mann
schaut neugierig in den Kinderwagen und
lacht dann . Ein herrlicher Tag heute und
die Menschen sind alle so fröhlich . Er
schaut zu dem Ufer und winkt freundlich
fremden Menschen zu als das Schiff eine
harte Drehung nach links macht . Vor raus
treibt eine Yacht mit Motorschaden und
sie müssen ausweichen . Der Kinderwagen
reißt sich los und droht ins Wasser zu stürzen . Mit zwei Schritte versucht er Ihn
aufzuhalten doch der schwarzgekleidete
Mann ist schneller . Beide behindern

sich dabei und fallen hin . Die junge Frau bedankt sich und zieht den Kinderwagen wieder zu sich . Er streicht seine Kleidung wieder zurecht und lächelt Ihr zu .

Ihr schüchternes lächeln ermutigt Ihn dazu einen Blick in den Kinderwagen zu werfen Das Baby macht glucksende Geräusche und als er es genau anschaut dringt ein gequälter Schrei über seine Lippen .

Im Kinderwagen liegt kein Baby , hier liegt der schwarzgekleidete Mann ,geschrumpft auf Baby Größe , und seine roten Augen scheinen zu brennen .

Mit einem Aufschrei stolpert er einige Schritte zurück , und verfängt sich in einem am Boden liegendem Seil . Er bückt sich um seine Füße frei zu bekommen und ist froh als jemand Ihm eine Hand als Hilfe reicht . Er will sich gerade bedanken als die Hand Ihn mit unmenschlicher Kraft vom Boden hebt und nach hinten ins Wasser wirft .

Bevor die riesigen rotierenden Schaufelräder Ihn erfassen ,zermalmen und auseinander reißen erkennt er oben an Bord den schwarzgekleideten Mann , der Ihm geholfen hat, und jetzt ihm zu winkt.

+

Er hat das Tagebuch bekommen . Unauffällig ist es mit einem Kurierdienst zugestellt worden . Nachdem er sich dann mit dem Tagebuch in seine Privaträume begeben hat lässt er sich für den Rest des Tages verleugnen . Auf seinen Sekretär kann er sich immer verlassen.

Aufgeregt geht er im Raum umher . Er hat das Tagebuch jetzt zwei mal gelesen und auch die Zeichnung von der kleinen Kiste mehrmals betrachtet .

Am Fenster bleibt er kurz stehen und schaut mit starrem Blick in die aufziehende Dämmerung . Er weiß das die Zeit gekommen ist und der Satan gierig über die Erde streift . Wir müssen verhindern das sein Plan gelingt , und wie zufällig blickt er dabei das große ,uralte Kreuz an der Wand an .

„ Herr steh uns bei „ murmelt er , mit gefalteten Händen vor sich hin , als die Fensterscheibe hinter ihm mit einem Knall zerbricht . Ein schwarzer Vogel fliegt blutend auf Ihn zu , ohne Kopf . Das berstende Glas hat den Kopf abgetrennt und der Vogel klatscht gegen das Kreuz .

Mit blutverschmiertem Gesicht schaut er zum Kreuz und für einen Moment sieht er in das Gesicht des Gekreuzigten .

Die Augen des Gekreuzigten blicken ihn traurig und flehend an und der Mund versucht Worte zu bilden . Doch dazu kommt es nicht . Der schwarze Vogel bewegt unkontrolliert seine Flügel und stürzt sich dann auf den Mann . Seine Krallen finden auch ohne Kopf ihr Ziel . Zu spät reagiert der Mann und reißt noch verzweifelt die Arme hoch , doch der Vogel ist viel zu schnell . Blut spritzt durch den Raum ,und das Geschrei des Mannes kippt ins hysterische . Der Schmerz verleiht ihm übermenschliche Kräfte , er reißt den Vogel in der Mitte durch und schleudert ihn mit einem verzweifeltem Aufschrei quer durch den Raum . Seine leeren Augenhöhlen brennen wie Feuer und er stolpert durch den Raum zum Fenster . Das Tagebuch hatte er vorhin schon weitergeleitet . Wir haben den Kampf aufgenommen , und mit diesem letzten Gedanken , in seinem Leben , schlägt er auf die Straße .

Körperteile wirbeln durch die Luft .

Die Frau in Weiß sieht wie der schreiende Mann aus dem Fenster stürzt , sie kann ihm nicht helfen . Sie spürt das Böse in ihrer Nähe und sie weiß das die Zeit bald abgelaufen ist .

Die Menschenmenge die sich rasch um den Zertrümmerten Körper bildet wird immer größer . Ein toter Priester , aus dem Fenster gestürzt , Selbstmord ? , der hat ja keine Augen mehr .

Wortfetzen dringen zu ihr . Einige uralte Frauen fangen laut an zu beten , einige jammern und heulen dabei , und alle sind sich einig : „ Der Herr bestraft uns , wegen unserer Sünden ‚ein Priester der so zu Tode kommt ist verflucht , Herr erbarme Dich unser „ .

Polizei und Krankenwagen kommen langsam vor ran , und die Menschenmenge
wird immer größer .
Niemand bemerkt die dunkel gekleidete ,
widerlich stinkende Gestalt in der Torein-
fahrt . Nur eine handvoll Asche bleibt von
der Katze über die sich schnurrend an der
Gestalt reibt . Der Satan hat seine Helfer
los geschickt und die Frau in Weiß spürt
das sie beobachtet wird .

+

Der Rabbi verlässt die Synagoge mit
schnellen Schritten und zögert dann einen
Moment . Er sucht das Taxi das er vorhin
bestellt hat . Auf der anderen Straßenseite
sieht er , winkend , und grinsend den Taxifahrer stehen. Viele Gedanken kreisen
gleichzeitig durch seinen Kopf .Das Telefonat mit dem Mann aus Rom beschäftigt
ihn noch sehr , und der Inhalt des Gesprä-
ches ist hochbrisant und tödlich .

Das gefundene uralte Tagebuch , mit der
Skizze der geheimnisvollen kleinen Kiste ,
ist es ein Zufall ? . Nein es ist bestimmt
kein Zufall , sagte auch der Mann aus
Rom . Der Rabbi grübelt vor sich hin , er
weiß das er die kleine Kiste schon einmal
gesehen hat , aber wo ? . Der Mann aus
Rom hat ihm ein Foto geschickt . Der
Rabbi hat viele alte Bücher in seinem
Büro , dort muss er nachschauen .
Jemand ruft seinen Namen und er bleibt
mitten auf der Straße stehen und dreht sich
um . Er geht einige Schritte wieder
zurück , Richtung Synagoge . Das rettet
ihm das Leben . Ein Schneeräumfahrzeug
rauscht an ihm vorbei .
Auf dem Fußweg vor der Synagoge steht
ein älterer Mann der irritiert hinter dem
großen Schneeräumfahrzeug her schaut .
Es ist der Mann mit dem der Rabbi im
Park öfter Schach spielt . Ihr Händedruck
ist diesmal besonders lange und innig .
„ Rabbi , euer Chef , dabei blickt er kurz
zum Himmel , braucht Euch noch hier unten auf der Erde „ .

„ Sie haben mir das Leben gerade gerettet und beim Schachspiel gewinnen sie auch immer „ und dabei zwinkert er dem Alten zu . Eine Autohupe unterbricht Ihr Gespräch . „ Rabbi sie brauchen ein Taxi , ich habe mich leicht verspätet , bitte verzeihen sie mir „ .

Der Rabbi schaut zu der anderen Straßenseite wo ein Taxifahrer ihn noch vor einigen Minuten zugewunken hat , der Platz ist leer .

„ Haben Sie Zeit „ fragt er den Alten und erinnert sich an die vielen Gespräche , über Gott und Satan , mit Ihm .

Der Alte nickt ohne nachzufragen und beide fahren dann in das Büro des Rabbis .

Viel weiß der Rabbi nicht über den Alten .

Vielleicht vor einem Monat sah er den alten zum ersten Mal im Park , und dann einige Tage später spielten die Beiden gegeneinander eine Partie Schach .

Jetzt sitzen beide in weichen Sesseln im Büro des Rabbis und trinken Tee .

Der Rabbi ist gerade informiert worden das der Mann aus Rom , mit ihm hatte er

vor ein paar Stunden noch telefoniert ‚Tod
ist . Aus einem Fenster gefallen , so die
Aussage der Polizei . Das die Augen nicht
bei der Leiche gefunden wurden scheint
niemanden so richtig bei der Polizei zu in-
teressieren .

Im letzten Jahr war der Rabbi in Rom ,
dort hat er den Mann kennengelernt .

Der Mann hatte ihm damals von einer Legende erzählt , die Legende von der kleinen Kiste . Der Inhalt der Kiste sollte im
Kampfe gegen den Satan von größter Bedeutung sein .

Das Foto von der kleinen Kiste liegt auf
dem Tisch vor ihnen und der Alte schaut
suchend zum großen Bücherregal .

Der Rabbi schaut zu dem Alten her rüber
und folgt dem Blick des Alten . Der Alte
erhebt sich schwerfällig aus dem Sessel
und steuert ganz gezielt in eine Richtung ,
zum Bücherregal .

Für einen Moment bleibt er starr stehen
und greift dann nach einem Buch . Der
Rabbi ist neben ihn getreten und gemeinsam ziehen sie umständlich ein altes Buch

her raus . „ Unbekannte Niederländische
Maler des 17. Jahrhunderts . Gemeinsam
legen sie das alte Buch auf einen Tisch am
Fenster und sofort fängt der Alte an zu
blättern .
Immer wieder von vorne fängt er an zu suchen und haut dann , plötzlich ,mit der
rechten Hand auf eine Seite . Der Rabbi
zuckt zusammen und betrachtet dann zusammen mit dem Alten die Zeichnung .
Ein Neugeborenes Kind , seine Eltern ,
Hirten und die drei Weisen aus dem Mor-
genland .
Der Stall ist erleuchtet , von einem golde-
nem Glanz , und der Maler hat so viele
Details in das Bild gebracht . Das Bild
scheint lebendig zu seien , alles scheint für
einen Moment still zustehen .
„ da ist die Kiste „ mit zitternder Hand
streicht er über das Bild . Genau so hat der
Mann , der aus dem Fenster gefallen ist ,
die Kiste beschrieben . Unscheinbar in der
Form aber wenn man sie länger anschaut
dann riecht man den Duft von Rosenöl .
Beide Männer schauen sich kurz an und

beide spüren das sie nicht mehr alleine im Raum sind .

Gleichzeitig fängt die Kiste an zu strahlen und funkelt wie ein Stern am Himmel .

Für einen Moment sieht es so aus als wenn die Kiste sich aus dem Bild lösen wollte , als wenn sie sagen würde „ finde mich „ .

Der Rabbi schaut hilfesuchend zu dem alten Mann , dessen Augen seltsam funkeln und dabei geheimnisvoll leuchten .

„ Wo ist die Kiste „ fragt der Rabbi mehr zu sich selbst als zu dem alten Mann .

„ Sie muss in Rom seien so steht es in dem Tagebuch „ die Stimme des Alten klingt dabei anders als sonst .

„ Ich muss jetzt leider gehen , meine Frau vermisst mich schon bestimmt „ und schweigend verlässt der Alte den Rabbi .

Nachdem der Alte gegangen war hat der Rabbi noch lange über die Zeichnung gesessen und gegrübelt .

Er ist nicht mehr der Jüngste , sein Herz macht ihm schon länger Sorgen , und eine Reise nach Rom wäre zu anstrengend für ihn .

Irgendetwas an dem Bild , außer der Truhe, beunruhigt ihn , je länger er es betrachtet . Seine Augen schmerzen schon langsam und immer wieder massiert er sie mit seinen feuchten Händen .

Etwas kommt ihm bekannt vor auf dem Bild . Da steht ein Hirte an der Stall Wand und schaut neugierig aus dem Bild heraus . Es ist als wenn der Hirte den Rabbi sucht . Ihre Blicke treffen sich und der Rabbi geht erschrocken einen Schritt zurück .

Der Blick und das Gesicht sind ihm vertraut . Aber spielt Ihm seine Fantasie hier einen groben Streich ? , oder steigert er sich gerade in etwas hinein ? .

„ Du weißt wer ich bin „ flüstert die leise Stimme des Hirten zu ihm . Der Rabbi greift sich an die Brust , sein Herz fängt an unkontrolliert zu schlagen , immer heftiger und Schweißperlen überziehen sein Gesicht . „ Nein , das kann nicht sein „schreit der Rabbi und lässt sich in den Sessel zurück fallen . „ Doch ich bin es „ die Stimme des Hirten klingt bestimmend. Der Rabbi sackt Ohnmächtig zusammen .

Frau Rot ist jetzt offiziell als vermisst gemeldet , und die Laune von Theo Lamm ist auf dem Tiefpunkt gelandet.

Die Mitarbeiter schleichen mit gesenkten Kopf , lautlos , durch die Redaktion und Peter Malz versucht Klarheit in seine Gedanken zu bringen.

Geister, Spuk und sonstiges für den Moment unerklärliches , das alles ist für ihn nicht logisch nachvollziehbar. Obwohl der einsame Tod seiner Oma , sie viel die Kellertreppe herunter und brach sich das Rückgrat , noch sehr lebendig in seiner Erinnerung lebt. Seine Oma muss qualvolle Stunden bewegungslos dort gelegen haben. Tage später fand man sie erst , verdurstet. Die Polizei nannte später einen ungefähren Todeszeitpunkt . Es war genau die Stunde als bei ihm Zuhause an allen Fenstern heftig geklopft wurde , und die Eingangstür mit einem heftigen Knall aufsprang . Seine Eltern begründeten das Alles damit das sich die Oma von ihnen verabschieden wollte . Gruselig war es damals schon für ihn gewesen .

Der Vermummte reibt sich unbeholfen den
Staub aus den geröteten Augen und starrt
in den dunklen Gang . Sein Bruder hat die
Frau verschleppt . Wieder fängt sein Herz
wie wild an zu rasen und Schweiß bedeckt
wie eine zweite Haut seinen Körper .
Er spürt seinen Bruder in der Nähe und er
weiß auch was er jetzt tun muss . Angst
treibt ihn vor ran , und seine Fingernägel
pressen sich in die Hand . Das frische Blut
das auf den Boden fällt lockt sie an ,es
macht sie zu blutgierigen Monstern . Er
hört ihr Rascheln hinter und neben sich ,
doch nur ein Gedanke herrscht in seinem
Kopf , die Frau retten . Sein Herz schlägt
brutal in seiner Brust , es zerreißt ihn und
blind vor Hass , auf seinen Bruder , stürmt
er vor raus . Ein unmenschlicher Schrei
lässt ihn zusammen fahren , und es dauert
eine Ewigkeit bis sein Gehirn einen klaren
Gedanken bilden kann . Doch dann über-
stürzen sich die Ereignisse . Der Schrei
war von ihm selbst , und jetzt hört er sich
noch einmal aufschreien . Er spürt seine
Beine nicht mehr und fällt nach vorne .

Der Vermummte fällt ungebremst in den Dreck , und ein hässliches Knirschen lässt die Blutgierigen Ratten für einen Moment unkontrolliert herumlaufen . Doch ein gebrochenes Nasenbein hält sie nicht lange auf , schon springen die ersten Ratten ihn an . Ein irres Gelächter erfüllt den Gang und der Vermummte schaut seinen Bruder direkt ins Gesicht . Sein Bruder hält einen Knüppel drohend vor sich und kommt näher . „ Soll der Knüppel noch ein mal mit dir tanzen , Bruder „ schreit er ihn an . „ Was habe ich dir denn getan „ erwidert der Vermummte röchelnd und wischt sich dabei das Blut aus dem Gesicht . Bevor er weiter reden kann trifft ihn erneut ein heftiger Schlag auf den Rücken . Der Vermummte heult auf und versucht sich wegzurollen doch ein nächster Schlag mit dem Knüppel lässt ihn bewusstlos zusammensacken . Das irre Lachen seines Bruders nimmt er mit in das schwarze Loch , wo es keine Schmerzen mehr gibt , wo alles nur friedlich ist . Er sitzt auf einer Blumenwiese , der Duft wird immer intensiver .

Der Polizeireporter der am frühen Morgen
die Vorkommnisse der letzten Nacht halbherzig liest wirkt gelangweilt.
Drogendelikte, Schlägerei , Einbruch, und
ein toter Rabbi stehen auf der Liste.
Alles Routine , bis auf den toten Rabbi.
Anwohner hatten die Polizei gerufen, gegen drei Uhr morgens, weil aus der Wohnung des Rabbis ungewohnt laute Musik
und unerklärliches Kratzen und jaulen zu
hören war. Die eintreffenden Beamten
brachen die Tür auf und fanden den Rabbi
Tod in der Badewanne. Der Notarzt bestä-
tigte den Tod des Rabbis, nur müsste die
genaue Todesursache bei einer Autopsie
geklärt werden. Auf die Frage eines Beamten warum der Kopf des Rabbis um
hundertachtzig Grad gedreht ist wusste der
Notarzt keine Antwort.
Auch für die Verwüstung in der Wohnung
hatte niemand eine Erklärung, Türen und
Fenster waren von innen verschlossen.
Das heftige Gewitter über dem Haus, der
verbrannte Rasen und die vielen toten Tiere, nur eine Aktennotiz.

Der Schachspieler hat den Rabbi schon vor Stunden verlassen und steht jetzt einige Schritte entfernt von dessen Büro.
Er weiß das der Rabbi gerade wieder das Bild in dem uralten Buch betrachtet.
Der sprechende Hirte aus dem Buch , der Rabbi fast sich an die Brust, er bekommt keine Luft mehr. „ Du musst zuhören „ schreit der Schachspieler in die Dunkelheit, und für einen Moment ist es als wenn er ein kurzes Lachen hört.
Das Lachen ist überall, und gleichzeitig ziehen am Himmel rotweiße Wolken auf.
Blitze zucken am Himmel und aus dem Baum fallen brennende Vögel die auf dem Boden zu Asche werden. Er ballt seine Faust, er kann nichts machen, er kann nur zusehen.
Das Lachen vermischt sich mit etwas Anderem, jemand schreit um Hilfe, eine Frau schreit hysterisch. Ein Kinderwagen rollt auf die Straße und bleibt dort stehen. Der Schachspieler rennt zu dem Kinderwagen und will das Kind retten doch für einen Moment zögert er als er die Frau in Weiß

am Straßenrand stehen sieht. Es ist nicht die Mutter die eben noch nach Hilfe geschrien hatte. Die Frau in Weiß steht nicht, sie schwebt. Genau in diesem Augenblick fährt ein riesiger Blitz , begleitet von einem Ohrenbetäubendem Knall in den Kinderwagen. Gelähmt steht der Schachspieler vor dem brennenden Kinderwagen, er konnte das Baby nicht retten ist sein Gedanke. Er war zu spät, und was wollte die Frau in Weiß ?.

Ein unmenschlicher Schrei, von der Mutter, nein dort steht ihm jetzt eine Kreatur der Hölle gegenüber.

Es war eine Falle gewesen , die Kreatur hatte ihn getäuscht, wollte ihn töten.

Sein Zögern, die weiße Frau, das Alles hatte ihn gerettet. Die Kreatur jault und in einer Stichflamme verbrennt sie jammernd und heulend.

Der Gestank ist widerlich, aber Satan kennt keine Gnade für Versager. Der Schachspieler hört den Lärm aus der Wohnung des Rabbi, und dann ist es still. Der Satan hat wieder eine Schlacht gewonnen.

Anwohner rufen die Polizei, und der
Schachspieler taucht ein in die Dunkelheit.
Ein raunen und wispern begleitet ihn und
und ein Polizeiauto fährt mit hoher Geschwindigkeit an ihm vorbei.
Der Rabbi hat auf dem Bild den Schachspieler erkannt. Der Hirte, ist der Schachspieler, und war bei der Geburt Jesu dabei.
Der Himmel ist schwarz, als wenn er seine
Trauer allen zeigen will und der Mond hält
sich diskret zurück.

+

Der Schachspieler muss jetzt handeln.
Jetzt nach dem grausamen Tod des Rabbi
ist wieder eine andere Situation entstan-
den. Er weiß das man ihn beobachtet, er
muss es schaffen.
Die kleine Kiste muss gefunden werden,
es wird Zeit, und genau das ist das Problem. Die Zeit verrinnt so schnell, nur
noch drei Tage dann ist es wieder soweit.
Der Übergang zur Hölle wird für eine
Stunde geöffnet und nur wenige Menschen
kennen diese schwerwiegende Bedeutung.
Besonders schlimm ist es für die Leute
die es wissen und nichts sagen dürfen. Es
sind Persönlichkeiten aus Politik und
Kirche die jetzt abwarten und nicht persönlich eingreifen können.
Man hatte Pfarrer Blum einen Brief geschickt, ohne Text, als Antwort für das erhaltene Tagebuch. Nur ein Stempel, in
Form eines Kreuzes mit einem Vogel zier-
ten das leere Papier. Damit wollten sich
die „ Verteidiger des Glaubens „ ankündi-
gen. Der grausame Tod des Pfarrers hat
aber jetzt alles verändert.

Peter Malz sitzt in dem uralten Sessel seiner Oma, und lauscht mit halb geschlossenen Augen seiner Schwester.

Sie erzählt von ihren Kindern, und versucht nebenbei ihm noch zu erklären wie man die Steuererklärung möglichst ohne Stress bewältigt. „ Du Sandra , war nicht ein Bruder von Oma für längere Zeit im Ausland „ ?. Seine Schwester schaut ihn für einen Moment verständnislos an, bevor sie ihm antwortet. „ Ja kann sein, aber welcher es war weiß ich auch nicht mehr, die Oma hatte vier Brüder „ . Sie zeigt zum Kamin „ dort stehen Bilder von Ihnen, alles elegante Herren gewesen „ . Peter Malz schaut sich die vergilbten Fotos genau an. Ein Foto ist anders als die Anderen drei. Der Onkel sitzt in dem selben Sessel in dem Peter Malz saß. Ein aufgeschlagenes Buch in den Händen. Es zeigt eine Szene in einem Stall mit einem Neugeborenem, Jesus Christus. Der Onkel schaut dabei auf den Beistelltisch, dort steht eine kleine Kiste, und für einen Moment duftet es nach Rosenöl im Raum.

Die Schmerzen im Rücken und Kopf sind unbeschreiblich, alles schmerzt, er spürt jeden Knochen in seinem Körper.

Eine Hand tastet durch sein Gesicht und er zittert unkontrolliert vor Angst.

„ Leben sie noch „ flüstert eine Stimme an seinem Gesicht. Vorsichtig öffnet er seine Blut unterlaufenden Augen. Sein Herzschlag verdoppelt sich als er in das Gesicht der jungen Frau blickt. Die Frau die sein Bruder verschleppt hat. Wieder ist dieses unbekannte Gefühl in ihm, seine Gedanken überschlagen sich. „ Ihr Bruder hat uns hier eingesperrt, dein Bruder ist verrückt „ . Jetzt duzt sie mich schon, ihre Nähe ist beruhigend und schön.

„ Wir müssen hier raus bevor der Verrückte wieder kommt , und dabei hilft sie dem Vermummten beim Aufstehen.

„ Wie kommen wir raus hier, ihre Stimme klingt traurig und ihre Augen schauen dabei zur Tür. Eine stabile Holztür lässt eine Flucht hoffnungslos erscheinen. Tränen laufen über seine Wangen, und vermischen sich mit Blut.

„ Weißt du noch das du stolzer Besitzer des alten Sessels bist ,, dabei zwinkert sie ihm belustigt zu. Ja stimmt, als Kind mochte er diesen Sessel, aber heute juckt es ihm noch Stunden nach seinem Besuch bei seiner Schwester.

Er hatte ihr alles erzählt was in den letzten Tagen und Stunden Geschehen war. Zu seiner Überraschung hatte seine Schwester die ganze Zeit über schweigsam zugehört. Ob das ein gutes oder ein schlechtes Zeichen ist, die Antwort lies nicht lange auf sich warten. „ Ich kann mich daran erinnern das Oma früher viel gelesen hat. Das Buch da, sie zeigte auf das Foto mit dem Onkel im Sessel, war ihr Lieblingsbuch. Obwohl gelesen hat sie darin nicht, es war immer nur die eine Seite, wie auf dem Foto, aufgeschlagen. Öfter habe ich als Kind dann beobachtet das Oma mit dem Buch redete. Sie redete mit einer der Personen auf der Buchseite, und schwieg dann für einen Moment, als wenn sie zuhören würde. Natürlich habe ich niemand davon erzählt, das meine Oma spinnt.

„ Einige Tage bevor sie so grausam starb hat sie mir das Buch geschenkt und mich ermahnt die Augen auf zu halten. Ich sollte mir diese eine Buchseite, mit der Stall Szene, immer wieder anschauen.

„ Er hat versprochen zu kommen, er hilft das hat er versprochen „ .

„ Immer wieder hat sie das gesagt, sie redete nur noch davon. Unsere Eltern haben uns dann auch verboten die Oma zu besuchen, und ganz ehrlich Peter ich war froh. Als Oma dann Tod war habe ich doll geweint, und mir Vorwürfe gemacht „ .

„ Wer hat denn versprochen das er kommt und wobei sollte er helfen „ ?.

Sandra zuckt mit den Achseln und ihr Blick wandert durch das Zimmer. „ Warte hier , ruft sie mir gerade noch zu als sie schon fast das Zimmer verlassen hat.

„ Benny bist du das, komm raus ich weiß das du dich hier versteckst „ . Leise stell ich mich neben das Fenster und mit einem Ruck ziehe ich die schweren Gardinen zur Seite. Ein kurzes Kichern zieht durch den Raum, und ich spüre Kälte.

Benny und Sandra reden im Garten und werden dabei beobachtet, auch Peter Malz sieht es jetzt ganz deutlich.

Neben einem alten Baum steht die Frau in Weiß, nein sie schwebt, ihre Füße berühren nicht den Rasen. Peter Malz klopft gegen die Scheibe und zeigt in ihre Richtung. Die Beiden schauen kurz zu ihm und dann in die Richtung die er zeigt, doch sie sehen nichts.

„ Sie können mich nicht sehen, nur du siehst mich, Peter, passt auf euch auf. Ich war nicht hier im Zimmer, du wirst beobachtet , sie beobachten jeden Schritt von dir. Sie warten darauf das du einen Fehler machst , bis bald „ .

Bevor er etwas erwidern kann ist er wieder allein. Welchen Fehler könnte er machen, und was soll er überhaupt machen ?.

Ach ja, ich der Retter, vielleicht der Menschheit, geschmeichelt fühle ich mich schon ein wenig, aber nur für einen kleinen Augenblick. Die schrille Stimme meiner Schwester holt mich wieder in die Realität, Unheil naht.

„ Letzte Tage war ein Trödel Händler hier
bei uns. So einer der von Dorf zu Dorf
fährt und alten Plunder aufkauft. Jetzt fällt
mir ein das er hartnäckig dranblieb mit der
Bitte ob ich alte Bücher hätte. Er meinte
bevor die schönen alten Bücher von Wür-
mern zerfressen würden sollte man diese
in Sammlerhände geben. Dort würden sie
wieder hergerichtet. Seine schwarzen Augen haben dabei gefunkelt, ach übrigens,
er hieß , Herr Schwarz. Komisch oder „?.
Für einen Moment zögerte meine Schwester um dann aber doppelt so laut weiter zu
reden. „ In das Gartenhaus habe ich ihn
geschickt , das ist genügend Trödel. Aber
was macht mein Herr Sohn ?, er muss das
alte Buch von Oma heimlich geholt haben
und diesem , diesem , ihre Stimme versagt
für einen Moment. Benny versucht sich
hinter mir zu stellen, doch seine Mutter ist
schneller. „ Du kommst sofort hier her ,
Benny „ . Ihr Tonfall gefällt mir immer
weniger. „ Wo ist das Buch, Benny „ .
„ Da „ schreit Benny, zeigt zum Kamin
und rennt gleichzeitig aus dem Zimmer.

Kaum ist die Tür hinter ihm ins Schloss gefallen wird sie erneut aufgerissen. Sandra will gerade etwas sagen als ihre Tochter Melanie im Türrahmen auftaucht.

„ Wo ist Benny hin „ ? .

„ Der ist in den Garten gerannt. Was ist denn überhaupt hier los „ ? Melanie Stimme klingt gereizt. „ Was hat mein Bruder jetzt wieder angestellt „ ?.

„ Er hat dem Trödel Händler Omas altes Buch verkauft , Oma hatte es mir geschenkt „ . Meine Schwester hebt resigniert ihre Hände dabei und ihr Blick streift mich. Für einen Moment schauen wir drei uns schweigend an und dann rennt Melanie aus dem Zimmer. Nachdem die Tür auch diesmal krachend ins Schloss fällt ziehe ich es vor meinen Besuch zu beenden. Gerade will ich mich von meiner Schwester verabschieden als die Tür wieder auf geht und beide Kindern ins Zimmer stürmen. „ Ach Mama, ich habe doch meine Blumen in dem Buch , zwischen den Seiten, getrocknet. Ich habe es aus dem Auto des Händlers gemobst.

Melanie hatte beobachtet wie Benny das
Buch verkaufte. Dann hatte sie einen
günstigen Augenblick abgewartet und das
Buch aus dem Auto entwendet.
Niemanden hatte sie davon erzählt.
Neugierig schlagen sie die Seite in dem
Buch auf, und betrachten die Szene im
Stall mit den Tieren und Hirten.
Peter Malz fühlt sich beobachtet, irgendetwas ist bei diesem Bild anders. Hatte der
Hirte dort eben nicht seinen Kopf bewegt.
Doch er schaut mich an, er schaut als
wenn er gleich mit mir reden wolle.
„ Vertraue mir, du bist der Retter, du
kannst es aufhalten. Nur du kannst mich
reden sehen, du bist der Auserwählte, suche die kleine Kiste „ .Wieder ist der Duft
von Rosenöl in der Luft. Der Hirte zeigt
auf die kleine Kiste die unscheinbar auf
dem Strohboden steht. Es scheint als ob
die Kiste langsam schweben würde, und in
unzähligen Farben strahlen würde. Die
Farben sind Worte , flehende Worte die
sich immer wieder holen. „ Suche mich,
finde mich „ .

„ Was Oma wohl so toll an diesem ollen Buch fand „ man spürt Bennys Endtäuschung. Melanie achtet genau auf ihre getrockneten Blumen und Sandra ist froh das Buch wieder zu haben.

Soll ich Sandra von meiner neusten Entdeckung berichten ?, ich entschließe mich es vorerst für mich zu behalten. Weiß jetzt aber noch weniger was ich machen soll.

„Kann ich mir das Foto mit dem Onkel im Sessel ausleihen, ich mache mir einen Abzug davon, frage ich schnell. Die Frage nach dem Buch wäre bestimmt überflüssig gewesen, meine Schwester wird das Buch nicht mehr aus den Augen lassen.

Auf der Rückfahrt zu mir nach Hause grübele ich nach wie oder was ich machen werde. Als ich dann erschöpft in mein Bett falle und mich in die Bettdecke einrolle kann ich nicht wissen das die kommenden vierundzwanzig Stunden mein Leben total aus der Bahn werfen. Irgendwann in der Nacht werde ich wach, die Kirchturmuhr schlägt drei Uhr am Morgen. Komisch es gibt hier keine Kirche.

Die Spielregeln sind einfach, der Einsatz
ist das Leben. Auch der Schachspieler ist
verwundbar, er hat es im Laufe der Jahr-
hunderte immer wieder zu spüren bekommen. Viele seiner Wegbegleiter sind auf
grausamer weise umgekommen, im
Kampf gegen den Teufel.
Er beobachtet den Bauernhof vor sich, hier
wohnt der Retter der Menschheit. Wie
kann er ihm helfen, ohne direkt mitzuwir-
ken. Er kann nur helfen wenn man ihn darum bittet, er kann sich nicht aufdrängen.
Für einen Außenstehenden hätte es gerade
so aussehen können als wenn ein lächeln
über sein Gesicht huscht.
Im selben Moment schließt Peter Malz
sein Auto auf und mit durchdrehenden
Reifen verlässt er das Grundstück.
Das Autoradio brummt nur und so be-
schließt Herr Malz es mal wieder selbst zu
Probieren. Er summt einen alten Schlager,
etwas langsam im Refrain, aber er ist ja alleine im Auto. Ein ruckeln geht durchs
Auto, der Motor stottert und geht aus. Ein
geplatzter Reifen gesellt sich noch dazu.

Genervt steigt er aus und schaut zum Himmel, dunkle Wolken hängen dort oben und warten wohl den richtigen Augenblick ab um sich zu entladen. Ein grummeln am Himmel bestätigt seine Vorahnung, und ein Blitz zuckt aus den Wolken und kracht in einen Baum. Unter fluchen versucht er ins Auto zu kommen, aber die Tür klemmt und lässt sich nicht öffnen. Regen prasselt vom Himmel und auch die andere Tür geht nicht auf. Woher er die ganzen Flüche und Schimpfwörter hat, die gerade unkontrolliert über seine Lippen kommen, ist ihm später dann unheimlich. Nass bis auf die Haut steht er da und es fällt ihm eine Erzählung ein. Ein Wandersmann kam in ein schweres Gewitter, und er flehte zum Himmel das man ihm doch helfen soll. Er würde dann eine kleine Kapelle bauen, wenn er das Unwetter heile überstehen würde. Sein Hilferuf wurde erhört, und zum Dank baute er die Kapelle. Na ja, ich kann es ja versuchen, und so schickt er ein Gebet zum Himmel mit der Bitte um Hilfe. Langsam nähert sich ein Auto.

Herr Schwarz steht am Straßenrand unter einem Baum und verfolgt das Geschehen um Herrn Malz.

Noch erkennt er nicht den Sinn dieses Schauspiels dessen Erfinder der Schachspieler ist, und worin der Sinn liegt.

Doch das ändert sich schlagartig als der Schachspieler mit einem Auto neben Peter Malz hält. Er sieht das die beiden kurz reden, eine Tür sich öffnet und Herr Malz einsteigt. Hupend fahren sie Richtung Regenbogen und das Gewitter das so plötzlich kam ist genau so schnell wieder weg wie es kam. Herr Schwarz weiß jetzt mit einem mal was sich hier gerade abgespielt hat. Der Schachspieler hat die Regeln ausgetrickst. Herr Malz hat um Hilfe gebeten, die wurde ihm gewährt, ab sofort kann der Schachspieler ihm helfen. Es war ein fauler Trick, aber jetzt sind die Karten wieder neu gemischt. Herr Schwarz hat jetzt eine Schlacht verloren und das macht ihn noch wütender. Sein Zorn entlädt sich auf das Auto am Straßenrand, mit einem Knall explodiert es.

Reverend Player schickt der Himmel, das
sind die ersten Gedanken die Peter Malz
hat als er im trockenen Auto sitzt.
Der Reverend macht eine Studienreise
durch diese Gegend, spricht meine Sprache und kennt Pfarrer Blum.Das dieser auf
so schreckliche weise zu Tode kam ist natürlich sehr traurig und er werde eine Messe für ihn halten. Der Reverend sagt es mit
Nachdruck und der Rest des Weges ver-
läuft schweigsam.
Die Haushälterin von Pfarrer Blum be-
grüßt uns wie alte Bekannte, warm und
herzlich. Ihre Augen sind gerötet, natürlich vom Zwiebeln schälen, sagt sie zu
schnell, wir glauben ihr nicht.
Sie redet wie aufgedreht, und der Reverend spricht immer wieder über die Vorzü-
ge des Verstorbenen. Der leere Brief ‚mit
dem Kreuz und der Taube, er kam zu spät.
Der Reverend nickt leicht als wenn er es
schon wüsste. Wenn er dürfte würde er
gerne einige Tage hier bleiben, natürlich
wenn es keine Umstände macht. Die
Haushälterin strahlt und drückt seine Hand

Nach dem sie uns ein großes Stück Apfelkuchen gereicht hat fängt sie mit vollem Mund an zu erzählen.

Der Besuch eines Herrn Schwarz, dann alles was sie die letzten Tagen mit dem Pfarrer erlebt hat. Nach einem Schluck Kaffee erzählt sie auch meine Geschichte, und lässt nichts dabei aus.

Der Reverend unterbricht sie nicht und hört Geduldig zu, wobei ich wieder den Eindruck habe das er alles schon kennt. Vielleicht täusche ich mich auch, aber die letzten Tage waren anstrengend gewesen. Jetzt habe ich doch ganz vergessen in der Redaktion anzurufen, ich springe auf und will telefonieren. Doch die Haushälterin winkt ab, und meint das sei nicht nötig. Erstaunt schaue ich sie an, und werde dann davon in Kenntnis gesetzt das sich ihr Bruder ein paar Tage Urlaub genommen hat. Meinen erstaunten Blick wischt sie mit einer Handbewegung weg. Sie habe ihn überredet dazu, und wenn ich wolle könnte ich heute Nacht hier auf dem Sofa schlafen. Also bleib ich hier.

Auf dem Sofa kann man gut liegen und rasch bin ich eingeschlafen. Traumlos geht es bis um drei in der Früh, dann werde ich wach. Es riecht nach warmen Kakao, mit Honig, so wie ihn meine Oma mir früher immer machte wenn ich bei ihr auf Besuch war. Geräusche aus der Küche wecken meine Neugierde und gegen ein Stück Apfelkuchen hätte ich jetzt nichts.

Langsam aber nicht leise öffne ich die Tür zur Küche, und bin dann nicht allein. Die Haushälterin kramt am Herd herum und winkt mir über die Schulter kurz zu. Sie zeigt auf einen Stuhl und ich setze mich. Jetzt schüttet sie den Kakao in eine Tasse und kommt zum Tisch damit. ,, So, der ist gut,, und reicht mir die dampfende Tasse. Dankend nehme ich die Tasse und nippe kurz, er schmeckt genauso lecker als wenn meine Oma ihn gemacht hätte. Schweigend sitzen wir uns im halb Dunkeln der Küche gegen über. ,, Ach du suchst die kleine Kiste, stimmt es ,, ?. Sie beugt ihren Kopf jetzt weit vor und vor Schreck lass ich gleichzeitig die Tasse fallen.

Ich schaue in das Gesicht meiner Oma, nein das kann nicht sein, sie ist doch Tod. Blitzschnell ist sie, oder wer es auch immer ist, aufgesprungen und will nach mir greifen. Verstört falle ich vom Stuhl, und schütte mir den Kakao über das Hemd. Nein kein Kakao klebt an mir, tausende von kleinen Käfern krabbeln aus der Tasse und fallen auf mein Hemd. Wie von Sinnen schreie ich und rase aus der Küche. Im Wohnzimmer renne ich fast den Reverend um, er ist durch den Lärm wach geworden. Gleichzeitig geht die Küchentür auf und meine Oma kommt langsam auf uns zu. „ Da habe ich ja die ganze Brut zusammen, und werde euch jetzt töten müssen. Die Zeit ist bald um und wir werden den Kampf gegen euch Pfaffen gewinnen. „ Los laufen sie, in die Sakristei, los beeilen sie sich , es ist nicht ihre Oma , es ist ein Dämon „ . So schnell bin ich in meinem ganzen Leben noch nicht gerannt. Kalt ist es hier, und ungemütlich,aber wo ist der Reverend geblieben. Mein Herz überschlägt sich, und ich versuch leiser zu atmen, und presse mir die Hände vor den Mund. Da sind leichte Schritte und eine Männerstimme ruft leise meinen Namen. Erleichtert erhebe ich mich und winke kurz in die Richtung. Winkend kommt der Reverend näher und zieht mich in eine Ecke, und dabei legt er einen Finger an den Mund. Wieder sind leise Schritte zu hören und wieder ruft eine Männerstimme meinen Namen. Als die Gestalt einen Schritt näher kommt fällt ein kleiner Lichtstrahl in das Gesicht. Da steht der Reverend, und neben mir steht auch der Reverend, immer noch den Finger am Mund. Ihn gibt es jetzt zweimal, wer aber ist der Echte. Als wenn ich meine Gedanken laut heraus geschrien hätte antworten beide fast gleichzeitig. Natürlich ist jeder der Richtige. Um es aber noch komplizierter zu machen kommt jetzt auch noch die Haushälterin dazu. Schwingt dabei die große Schaufel über ihren Kopf und haut sie dem vor ihr stehenden, mit erhobenen Armen zur Abwehr, laut schreienden Reverend in den Schädel.

Ein grässliches knirschen begleitet den Treffer und ein Schrei, nicht von dieser Welt, lässt mich erschauern. Mit einem würgen befördere ich meinen Apfelkuchen wieder heraus. Der Reverend geht langsam auf die Knie und greift nach dem Stiel aber die Arme haben keine Kraft. Oh mein Gott sie hat den echten Reverend getötet. Röchelnd fällt er nach vorne und bleibt zuckend liegen. Blitzschnell reiße ich mich von meinem Reverend los und eile zu dem sterbenden. Als ich mich über ihn beuge und ihn auf den Rücken drehe schießen seine Arme hoch und legen sich um meinen Hals. Ein grinsen zieht über sein entstelltes Gesicht. Ich bekomme keine Luft mehr und falle vornüber. Mein Kopf platzt gleich, ich sterbe. Dann höre ich Schreie von irgendwo, und der Druck am Hals lässt nach. Geräuschvoll schnappe ich nach Luft, und schiebe den falschen Reverend von mir. In seinem Rücken steckt ein riesen Kerzenständer , schnell fängt der Körper an zu verwesen. Zurück bleibt eine Handvoll Schleim.

„ Das war es meine Herren, der Teufel ist vernichtet, und die Menschheit kann die nächsten dreihundert Jahre in Ruhe schlafen „ . Der Reverend und ich sehen uns kurz an und umarmen uns dann.

„ Wer möchte noch ein Stück Apfelkuchen, ich mach schon mal Kaffee „ .

„ War das mein Auftrag gewesen, ist der Teufel besiegt ?, wir haben es geschafft „ .

„ Wir haben es geschafft, Herr Malz „ . Der Apfelkuchen schmeckt jetzt noch besser als abends. Langsam wird es hell draußen, ein neuer Tag bricht an. Schön zu wissen das wir dazu bei getragen haben. Ich fühle mich Stolz, und bin schon jetzt gespannt auf das Gesicht meiner Schwester. Wir erzählen noch viel an diesem Morgen und zur Mittagszeit fahre ich mit dem Taxi zur Redaktion. Viel neues gibt es nicht und auf die Frage was ich denn so erlebt hätte antwortete ich verlegen „ ich habe die Welt von Dämonen befreit „ . Mein Kollege stutzt und muss Lachen

„ Habe gar nicht gewusst das du so ein Witzbold bist „ .

Bei aller Freude über den gewonnenen Kampf gegen den Teufel bleibt doch eine Frage ungeklärt, wo ist Frau Rot. Was ist mit ihr geschehen, und was macht die Polizei. Nachdenklich sitze ich in meinem Zimmer und schaue aus dem Fenster.

Die kleine Kiste geht mir nicht aus dem Kopf, was ist so wertvoll und besonderes an ihr ?. Mit der flachen Hand haue ich mir vor die Stirn, jetzt fällt es mir wieder ein. Das Foto, wo ist das Foto geblieben. Der Onkel hat die kleine Kiste angeschaut auf dem Foto. Er hat sie gehabt, wo kann sie jetzt sein ?. Aufgeregt laufe ich im Zimmer umher. Wenn das alte Buch noch existiert so wird bestimmt auch die Kiste irgendwo im Haus sein.

Ich schwinge mich hektisch hinter das Lenkrad und fahre mit quietschenden Reifen zu meiner Schwester. Das Jagdfieber hat mich gepackt und ich will das Geheimnis der Kiste lösen. Mein Chef ist immer noch in Urlaub und so habe ich Zeit. Mal eben eine Kiste suchen, wenn ich darüber Nachdenke wie naiv ich war.

Mit rasantem Tempo nehme ich die Kur-
ven und schon bald parke ich vor dem
Haus meiner Schwester. Sie hat es von der
Oma geerbt, und für ihre Kinder ist es ein
Paradies. Für mich gab es ein Berg Aktien,
das reicht mir. Vor dem Haus steht ein ge-
schlossener Lieferwagen. Die schwarze
Farbe ist ziemlich verblichen, nur die
Schrift auf der Fahrertür ist gut leserlich
        - Antik Geschäft Schwarz -
Mit lautem Gepolter öffnet sich die Haus-
tür und ein schwarzgekleideter Mann
kommt mir schimpfend entgegen. Bevor er
mich fast umrennt schaut er mir freundlich
ins Gesicht. „Ach Herr Malz, wenn sie die
Kiste gefunden haben, rufen sie mich an.
Wir werden uns bestimmt über den Preis
einig, und wie ich sehe brauchen sie bestimmt ein neues Auto. Immer mit einem
Mietwagen fahren ist nicht dasselbe als
wenn man sein eigenes steuert,, .
Zielstrebig geht er dann zu seinem Lieferwagen und fährt davon. Meine Schwester
erscheint und erzählt mir das Herr
Schwarz das Buch wieder haben wollte.

Neben mir hält ein Auto und Reverend
Player winkt uns aus dem Fenster zu.
„ Schön das ich sie beide antreffe,, .
Gemeinsam gehen wir ins Haus und setzen
uns, ich natürlich in meinen Sessel.
Während dessen erzählt meine Schwester
dem Reverend von ihrem Treffen mit dem
Antik Händler. Anschließend erzähle ich
meiner Schwester wie wir, die Haushälterin, der Reverend und ich, die Welt erst
mal wieder für dreihundert Jahre gerettet
haben. Meine Schwester ist sichtbar beein-
druckt, ist aber genauso ahnungslos über
den Verbleib der kleinen Kiste wie wir.
„ Wenn die Kiste verschwunden bleibt,
was soll es, wir haben den Dämon getötet,
und das zählt „ . Ein immer lauter währen-
des Brummen erfüllt den Raum, verwun-
dert schauen wir uns an. Ein schrilles
Piepsen übertönt dann das Brummen. Im
Nebenzimmer hören wir Geschrei und Pol-
tern, und langsam öffnet sich die Tür. Melanie zieht Benny hinter sich her und stellt
ihn in unsere Mitte. Benny schaut zum
Fenster und Melanie droht ihm „ Denk

nicht ein mal daran abzuhauen „ . Das
Piepsen und Brummen hat aufgehört, stelle ich gerade fest, und bin nun gespannt
was die Kinder für ein Problem haben.
„ Benny hat wieder den Lautsprecher benutzt Mama „ Melanie zeigt dabei auf
meinen Sessel. „ Benny wie oft habe
ich..und dann folgt die übliche Strafpredigt. Danach die Aufklärung seiner Tat.
Benny hat irgendwann heraus gefunden
das der Sessel ein Geheimfach hat. Eine
Klappe , unten an einer Ecke. Dort stellt er
dann einen Lautsprecher rein und kann
über Funk Musik oder Geräusche übertragen. Ein Geheimfach, jetzt wird es geheimnisvoll finde ich und klopfe am Sessel herum. Auf dem ersten Blick kann
man nichts erkennen, doch dann öffnet
sich eine Klappe. Der Lautsprecher fällt
mir entgegen, und ein leichter Duft nach
Rosenöl liegt in der Luft. Irgend jemand
reicht mir eine Taschenlampe, und meine
Hand tastet sich in das Geheimfach. Ich
fühle einen Kasten, und ziehe ihn vorsichtig heraus.

Es ist die Kiste die wir gesucht hatten, jemand hat sie hier versteckt. Was passiert nun mit der Kiste ?. Während wir uns freudig aber ratlos anschauen klingelt es an der Eingangstür. Irgendwer macht auf und ich höre die laute Stimme von Herrn Schwarz. Genervt will ich zur Tür gehen, da steht er auch schon im Zimmer und fängt an zu reden „ Sie wollten mich doch anrufen wenn sie die Kiste gefunden haben „ .

Etwas an seiner Stimme gefällt mir nicht, sie klingt bedrohlich und woher weiß der denn das wir die Kiste gerade gefunden haben ?.

„ Also bekomme ich jetzt die Kiste „ seine Arme schnellen nach vorne und ich werde von einer unsichtbaren Kraft gegen die Wand geschleudert. Meine Schwester und die Kinder fangen an zu schreien und der Reverend betet, er betet anstatt mir zu helfen. Mein Körper klebt an der Wand, ich zappel wie ein Fisch auf dem Trockenem. Herr Schwarz will nach der Kiste greifen aber Benny ist schneller, er wirft sie seiner Schwester zu und beide rennen zur Tür.

Von einem tiefen Fauchen begleitet rennt jetzt auch Herr Schwarz zur Tür um die Kinder zu fangen. Die Eingangstür steht offen, ein Kind läuft nach links, das Andere nach rechts. Blitze fahren den Kindern vor die Füße, aber beide rennen weiter. Nur wer von den beiden hat denn nun die Kiste ?. Beide Kinder sind im Wald verschwunden und laut betend kommt der Reverend aus dem Haus. „ Prediger mach dich nicht lächerlich mit deinem Gebrabbel, du kannst mir nichts „ . Wie zum Beweis hebt er die Hände und die silberne Kette mit dem schweren Kreuz am Hals des Reverend zerreißt in hundert Teile. Der Reverend schreit auf als ihn Teile davon im Gesicht treffen. Vorher hat er noch ein Gebet gesprochen und der Himmel verfinstert sich danach. Langsam rutsche ich von der Wand und liege erschöpft auf dem Boden. Meine Haut brennt wie Feuer, aber ich muss nach draußen, dorthin wo das Geschrei her kommt. Meine Schwester sitzt an der Tür und schreit mit schriller Stimme, und ich stürme nach draußen.

Herr Schwarz hat sich verändert, er hat keine Kleidung mehr an, seine Haut ist schuppig und dampft. Als er mich erblickt fängt er an zu lachen, und streckt sein Arm zu mir. Die Telefonleitung wird von der Hauswand gerissen und schwingt im hohen Bogen zu mir. Die dunklen Wolken über dem Dämon entladen sich schlagartig. Riesige Mengen von Wasser stürzen sich auf ihn. Er lacht meckernd auf als ihn das Wasser trifft. „ Willst du mich ertränken Pfaffe „ doch dann fängt er an zu jaulen, das Wasser gefriert. Vor mir steht ein großer Eisklotz, mit einem eingefrorenem Dämon. Der Reverend kommt betend zu mir, und muss mit ansehen wie das Telefonkabel mich einwickelt wie ein Paket. Eine schwarze Wolke kommt über das Haus, es piepst und lärmt. Die Wolke besteht aus hunderten von schwarzen Vögeln die im Sturzflug auf den Eisklotz prallen. Blut, und Körperteile fliegen umher und schon fangen einige Vögel mit ihren Schnäbeln das Eis auf zu picken. Das Telefonkabel nähert sich meinem Hals und hilflos muss ich mit anschauen wie es mir langsam die Luft ab schnürt. Wenn mir keiner hilft bin ich gleich Tod.

Die Stimmen der Kinder sind zu hören, und das Schreien meiner Schwester ist verstummt. Sie rufen meinen Namen und kommen zu mir gerannt. Benny hält die Kiste in der Hand, sie ist geöffnet. Er drückt sie auf das Telefonkabel das sich immer fester um meinen Hals schließt. Es riecht nach verschmortem Plastik, das Kabel schmilzt, und der Druck am Hals lässt sofort nach. Eine wohltuende Wärme verteilt sich in meinem Körper, meine Schmerzen sind weg und ich fühle mich wie neu Geboren. Meine Freude hält nur kurz, die Vögel haben ganze Arbeit geleistet, der Eisklotz springt aus einander. Mit grässlichem Gejaule kehrt der Dämon zurück und attackiert sofort den Reverend, mit Unterstützung der Vögel. Der Körper des Reverend fängt an zu leuchten, die Farben wechseln rhythmisch von hell nach dunkel. Die Vögel stoßen spitze schrille Laute aus und zerplatzen wie Ballons.

Eine klebrigen Masse regnet vom Himmel, und die Reste der Vögel tropfen vom Himmel. Ein grässlicher Gestank verbreitet sich und gleichzeitig sehe ich zwei Dämonen. Dann drei, dann vier, bis es elf sind, und ein kalter Luftzug begleitet das Schauspiel. Meine Schwester und ihre Kinder sehe ich nicht. Der Reverend steht mit erhobenen Armen einige Schritte neben mir und, betet, warum kann er diese Teufelsbrut nicht vernichten. Herr steh uns bei. Schreie aus dem Haus lenken mich für einen Moment ab, und die Teufelsbrut kommt immer näher. Einig Kreaturen klammern sich an den Reverend, sie reißen ihm die Haut vom Körper, sein Schreien ist nicht zu ertragen. Meine Ohren schmerzen weil ich meine Hände mit Gewalt darauf presse. Sein Schreien macht mich verrückt, und deshalb laufe ich zum Haus zurück. Zu spät erkenne ich meinen Fehler, der Reverend ist jetzt allein mit der Teufelsbrut. Aus dem Augenwinkel sehe ich das irgendwas auf mich zurennt, ich falle der Länge nach vornüber.

Schreiend läuft Benny an mir vorbei, und
die Kiste schwingt er wie eine Keule dabei. Für einen Moment erstarren die Dämonen, und genau dieser Moment reicht
um einige wieder in die Hölle zu werfen.
Benny lässt die Kiste kreisen wie ein Rit-
ter sein Schwert, und die Ernte ist reich-
lich. Taumelnd und blutüberströmt taucht
der Reverend neben mir auf. „ Kommen
sie „ schreit er mich an und zeigt Richtung
Benny. Der Junge ist in der klebrigen
Masse der toten Vögel stecken geblieben,
und der Rest der Kreaturen kreist ihn ein.
Meine Schwester kreischt wie von Sinnen
und Melanie rennt panisch zu ihrem Bruder. Sie reißt ihm die Kiste aus der Hand
und schreit mich an. „ Berühre die einzel-
nen Tropfen, der Reihe nach, der Onkel
hat es so beschrieben „ . Im hohen Bogen
schmeißt sie mir die Kiste zu, und einige
Kreaturen springen verzweifelt hinter her.
Der Reverend ist zusammen gebrochen
und blutet aus unzähligen Wunden.
Krampfhaft versucht er zu beten, aber seine Verletzungen hindern ihn daran.

Mir bleibt keine Gelegenheit nach zu denken, wenn jetzt nichts Geschieht sind wir alle Tod. Mit zitternden Händen berühre ich die Tropfen, der Reihe nach von links nach rechts. Gebannt schaue ich zu den Dämonen, aber nichts passiert. Man könnte den Eindruck haben das sie mich auslachen, aber das ist wohl nur Einbildung. Melanie hilft ihrem Bruder und beide laufen zurück zum Haus. Ein Schlag gegen meinen Rücken lässt mich nach vorne taumeln. Schreiend drehe ich mich um und die Kiste trifft den Dämon ins Gesicht. Sein Gesicht verbrennt, und dann der Kopf und schon steht der ganze Körper in Flammen. „ Berühre die Tropfen von rechts nach links „ die Stimme des Reverend spricht in meinem Kopf. Rasch führe ich seine Anweisung durch, und ein starker Duft nach Rosen erfüllt die Luft. Die Kreaturen fassen sich an den Hals und schreien bis sie alle verbrennen, bis auf eine. Die Kreatur die Herr Schwarz war schaut sich um, seine Doppelgänger sind zurück in die Hölle, aber was ist mit ihm ?.

Doch jetzt geht auch bei ihm eine Veränderung vor. Sein Körper bekommt kleine Löcher, dann werden sie größer, und ich zähle zwölf. Ein schauriges Gejammer dringt aus seinem Munde als um die Löcher herum kleine Flammen entstehen. Schnell werden sie größer und bald liegt nur noch ein bisschen Asche am Boden. Ein Windzug verstreut es in alle Richtungen. Erschöpft falle ich auf die Knie, und zittere dabei am ganzen Körper.
Es ist vorbei, die Teufelsbrut ist vernichtet und langsam traut sich der erste Vogel wieder zu zwitschern. „ Kommen sie Reverend, wir haben es geschafft , doch erst jetzt sehe ich das er nicht mehr lebt. Sein Körper ist schrecklich zu gerichtet, er wird wohl jetzt bei seinem obersten Chef sein. Meine Schwester und ihre Kinder kommen gelaufen und wir fallen uns weinend in die Arme. Die Kiste ist wieder verschlossen, und liegt am Boden. Benny hebt sie auf und wir gehen langsam zum Haus zurück. Ein Blick über meine Schulter nach hinten lässt mich nachträglich erschaudern.

Wir sind nur knapp dem Tode entkommen, und der Reverend hat sein Leben gegeben, er kannte den Einsatz. Woher wusste Herr Schwarz das ich die Kiste gefunden hatte, und warum ist Herr Schwarz so anders vernichtet worden als seine Vasallen. Ist Herr Schwarz ein Höllenfürst ?, ein ober Dämon ?, ob wir es je erfahren werden ?. Die Stimme von Benny holt mich wieder in die Realität zurück. „ Onkel Peter ist jetzt wieder alles gut , haben wir gewonnen „ ?. Ich nehme ihn in den Arm und seine Tränen laufen über meine Arme. „ Peter hat die Hölle versucht uns zu töten, ich meine, haben wir diese Höllenbrut wieder dahin geschickt wo sie her kam ?. Stumm nicke ich und mit einem mal fällt mir die Frau in weiß wieder ein. Ob sie gerettet ist, und nun ihren Frieden findet ?. Haben wir die Balance wieder her gestellt und was ist mit Frau Rot. Mein Kopf ist überlastet, aber ich kann ihn nicht abschalten, zu viele Gedanken kreisen in ihm. Überdreht sitze ich in meinem Sessel als langsam die Stubentür auf geht.

Meine Schwester unterdrückt einen Schrei und die Kinder sind zu schwach um zu reagieren. Mit Schwung wird die Tür aufgestoßen, und gleichzeitig berührt mich etwas warmes an der Schulter. „ Peter du hast es geschafft, die Balance ist wieder her gestellt. Ich kann jetzt in Frieden gehen „ . Die Frau in weiß steht neben mir, und sie strahlt Wärme und Zufriedenheit aus. Mein Kopf arbeitet zu langsam, ich sehe die Frau, und ich sehe die Person die schreiend in das Zimmer stürmt.

Das Schreien meiner Schwester steigert sich ins unerträgliche, und ich spüre das ich kraftlos im Sessel sitze. Irgendetwas verhindert das ich verrückt werde, nur die große Schaufel die gleich meinen Kopf spaltet zwingt mich zu reagieren. Mit letzter Kraft lasse ich mich aus dem Sessel fallen, und spüre kurz den Luftzug der Schaufel. Mit einem knirschen spaltet sie das Oberteil des Sessels. Meine Schwester ,ihre Kinder und ich versuchen die Tür zu erreichen, doch die Person ist schneller. Drohend steht sie an der Tür.

Erst jetzt kann ich einen klaren Gedanken
fassen, die Person die mich gerade noch
erschlagen wollte ist die Haushälterin von
Pfarrer Blum. Halt schreie ich sie an, erkennen sie mich nicht ?. Sie zögert und
droht mit der Schaufel und dann ist die
Frau in weiß zwischen uns. „ Es ist voll-
bracht, der Teufel ist mit seiner Brut ver-
dammt. Ihr habt den Kampf auch diesmal
für euch, für uns entschieden. Das Blut
der Jünger, die beim letzten Abendmahl
dabei waren haben den Teufel gebannt.
Zwölf Tropfen Blut, ein Tropfen von je-
dem Jünger, haben die Welt wieder einmal
vor dem Teufel gerettet. Der Teufel lauert
wie ein hungriges Tier, überall. Glaubt
aber nicht das er immer mit Hörnern, Pfer-
defuß und sonstigem uns begegnet. Diese
Kreatur ist ein gefallener Engel, er kennt
die Menschen. Er kennt ihre Ängste, ihre
Träume, ihre Sehnsüchte. Wir haben eine
Schlacht gewonnen, aber der Krieg ist
noch nicht zu Ende „ . Ihre Konturen ver-
schwimmen und dann ist sie fort. „ Der
Reverend hat gesagt das er hier her fährt.

Ich musste doch helfen, und so bin ich hinterher. Es tut mir leid wenn ich sie angegriffen habe, ich dachte der Dämon versteckt sich wieder,, .

Die Sonne ist schon lange am Horizont verschwunden, und wir können endlich über die vergangenen Stunden reden.

Den Reverend haben wir in den kleinen Schuppen gelegt, die Polizei ist unterwegs. Die kleine Kiste ist verschwunden, wir haben alles abgesucht, sie bleibt verschwunden. Langsam kehrt Normalität in unser Denken und Leben zurück, nur die Polizei ist mit unserer Schilderung des Erlebten nicht zufrieden.

Frau Rot wurde Tage später orientierungslos im Wald gefunden. Sie stand unter Schock, und fragt immer nach einen Vermummten. Mein Chef hat es vorgezogen seinen Urlaub zu verlängern, auf immer. Mein Vermieter hat mir eine Ecke von seinem Garten überlassen, hier tanke ich neue Kraft. Die Polizei hat keinen toten Reverend in dem Schuppen gefunden. Es ist als wenn es ihn nie gegeben hätte.

Komisch ist nur das hier der Rasen in letzter Zeit verbrannt aus sieht und ich das Gefühl habe das es keine Tiere mehr gibt.
Die Frage meiner Schwester ob mich jemand verfolgt, kann ich nur halbherzig mit ja beantworten. Das ich beobachtet werde, ich denke schon.
Die Ereignisse der letzten Tage haben mich verändert, der Sinn des Lebens, und die Frage was kommt danach.
Das es etwas gibt was wir uns nicht vorstellen können, ja das habe ich jetzt erlebt.
Das es da etwas gibt das uns immer beobachtet, bei der Arbeit, in der Schule, und in der Freizeit, für mich ist dieser Gedanke erschreckend.

Peter Malz hat seinen Job gekündigt und ist fort gezogen. Als freier Journalist durchstöbert er das Internet auf der Suche nach paranormale Aktivitäten , in ganz normalen Familien.